# 影子恋人

The shadow lover

李春风 著

南方出版传媒
花城出版社
中国·广州

图书在版编目（CIP）数据

影子恋人／李春风著．--广州：花城出版社，
2021.3
　　ISBN 978-7-5360-9142-9

Ⅰ.①影… Ⅱ.①李… Ⅲ.①长篇小说－中国－当代
Ⅳ.①I247.5

中国版本图书馆CIP数据核字(2020)第082407号

| | |
|---|---|
| 出 版 人： | 肖延兵 |
| 责任编辑： | 陈宾杰　梁宝星 |
| 技术编辑： | 凌春梅 |
| 封面设计： | 拙林设计 |

| | | |
|---|---|---|
| 书　　名 | 影子恋人<br>YINGZI LIANREN | |
| 出版发行 | 花城出版社<br>（广州市环市东路水荫路11号） | |
| 经　　销 | 全国新华书店 | |
| 印　　刷 | 佛山市浩文彩色印刷有限公司<br>（广东省佛山市南海区狮山科技工业园A区） | |
| 开　　本 | 880毫米×1230毫米　32开 | |
| 印　　张 | 7.125　1插页 | |
| 字　　数 | 160,000字 | |
| 版　　次 | 2021年3月第1版　2021年3月第1次印刷 | |
| 定　　价 | 39.80元 | |

如发现印装质量问题，请直接与印刷厂联系调换。
购书热线：020－37604658　37602954
花城出版社网站：http://www.fcph.com.cn

# 目录
contents

001 楔　子

007 第一章　嫌犯

015 第二章　身份

023 第三章　离隐

030 第四章　鼾声

039 第五章　时间

046 第六章　毒药

052 第七章　转机

059 第八章　相片

065 第九章　起夜

073 第十章　浮现

079 第十一章　斗笠

086 第十二章　荒宅

094 第十三章　逃避

101 第十四章　初见

108 第十五章　牵嫌

114 第十六章　指纹

120 第十七章　转院

126 第十八章　匋粉

*130* 第十九章　恋人

*139* 第二十章　青梅

*145* 第二十一章　手术

*151* 第二十二章　幻觉

*158* 第二十三章　赎罪　　　*195* 第二十八章　皮囊

*164* 第二十四章　影子　　　*202* 第二十九章　分身

*173* 第二十五章　旧忘　　　*209* 第三十章　溯流

*181* 第二十六章　雪寂　　　*211* 第三十一章　执念

*187* 第二十七章　恨生　　　*218* 第三十二章　余罪

　　　　　　　　　　　　　*221* 第三十三章　暗桥

# 楔 子

在戴维·林德伯格（David C.Lindberg）所著的《西方科学的起源》第7页上，有这样一段话：

炼金术兴起的中世纪欧洲，流传着一种说法，据说只要找到一种能使人变聪明的石头——哲人石，便可以点石成金，让普通的铅、铁变成贵重的黄金。此说颇为滑稽，但炼金术家却仿佛疯了一般，采用稀奇古怪的器皿和物质，在幽暗的小屋里，口中念着咒语，在炉火里炼，在大缸中搅，朝思暮想寻觅点石成金的哲人石。

1669年，德国汉堡的商人布朗特为了寻找哲人石，突发奇想，利用强热蒸发人尿，竟意外发现了一种燃点很低的物质。这种物质可以在四十摄氏度自燃，而在潮湿的空气中，发生自燃的温度甚至更低，它就是白磷。但直到2005年，中国南方一所大学的实验室里，一位化学教授才让世界重新认识了白磷。

教授姓李，名云，2005年他在与学生研究白磷的过程中，提出了一个大胆的猜想，一般我们把水的沸点认为是一百摄氏度，此时水会变成气态，而水的结冰温度是零摄氏度，这时候水会变成固态。李教授猜想，白磷也存在这样对称的状态：四十摄氏度会自燃，而在另外的一个对称点，白磷会呈现另外一种形态。

"我的实验在固态的水中完成。事后我相信，如果谁有了那样的经历，一定会终生难忘。"李教授回忆录的扉页写着这样一句话，而内文，则完整地记录了那次实验的过程。

2005年4月14日，我在衡南大学实验室中调试好我要单独完成的实验的装置，那是一个能够控制空气湿度、环境温度和大气压的类似于风洞实验的装置。我用了三年多的时间才在世界各地的工业和科研基地找到了最适合的设备。我永远也忘不了4月15日的凌晨，后来的无数个夜晚反反复复折磨我的就是那晚出现的景象。长实验桌，那是为我的实验专门准备的，置物架里是试管、量筒、酒精灯这些常用的实验仪器和一些药剂，长桌的最中央是一个长方体玻璃水槽，那晚的水槽里注满了水。水槽的外围是温控箱、空气湿度和大气压控制装置。

我用镊子轻轻捏着一粒白磷放进水槽，白磷沉到了水底。

按下温控箱的按钮，水槽的温度一直降下去，直到降到零摄氏度，槽里的水由液态变成混合状态，最后变成冰砖一样的固体。温度还会一直降下去，但我已经看不出水有什么变化。作为专业的化学教师，做实验一定不能放过任何细节。但是接下来的六个小时，槽里依旧没有任何变化。

除了从墙上那面钟表跳动的秒针上能感觉到时间的流动，世界仿佛静止了。晚上十一点，我拉开实验室窗帘的一角，夜幕早已将整个城市包围，明灭的灯光在为乘坐末班车的人闪烁着，大部分人已经进入梦乡。

你知道的，我们生活的地球有南极也有北极，有男人就有女人，有阴就有阳，有白天就有黑夜，这个世界是近乎完美的对称。白磷，一种来自自然界的物质，一种我们死后唯一能发光的东西，它无时无刻不在提示着时间的另一端——一个死去的人的存在感。人死了，肉身一灭，风雨侵蚀，最后只留下骨骼，骨骼被孤孤单单地抛弃。在漆黑的荒郊野外，你突然就发现了某一种发光的东西，它来自某一些先辈的骨骼，它给你带来内心的惊悚，但它以黑暗中的舞蹈来告诉你，时间轴的另一端，他们曾是群星闪耀的存在，但无知的人类把它称作"鬼火"。

面对人类，"鬼火"只能悄无声息地燃烧，只能湮灭在漆黑的夜晚，它是已知自然界燃点最低的物质。磷在四十摄氏度可以自燃，因为对称，我相信，它一定会在温度的另一端变成另一种存在。

然而我的等待似乎是徒劳的。零下四十摄氏度，水槽里除了更加牢固更加坚硬的冰砖，什么也没有出现，白磷和白冰已然融为一体，难以分辨。我用足够强的灯光照向冰砖，也没有发现任何异常。温度还在持续走低，大气压和空气湿度也会接近某一个极限值。

整个实验室都变冷了，仿佛空气中充满了冰冷的雪花。我知道，如果实验失败，我也将和隐姓埋名的侠士一样，继续生活在这所大学的某一个角落里，在化学史上，留不下任何一笔。

凌晨两点钟，外面的世界静下来了，我看看温控箱，已经降到零下两百多摄氏度，我想我可能需要休息一下。在这一刹那的走神里，我听到了空气中有一种玻璃碎裂的声音，又像是一把伞被撑开的声音，我茫然四顾，找不到声音的来源。这声音渐渐变大，变清晰，空气中充斥着红日破晓的气息和分娩的疼痛感，这感觉没有亲身经历的人断然难以想象。就像一列火车从身旁经过，带动气流的涌动，将路旁的物体也吸附上去的物理现象一样。在神秘的世界上，一个婴儿的降生，也会将整个房间的空气聚拢，产生强大的吸力！

我看到冰砖上撕裂开一道细若游丝的裂痕，如血管一样自下而上扭动，最后冲开冰面，刹那之间，冰面上吐出一朵白色的莲花。那莲花的花瓣薄如蝉翼，随着空气轻轻浮动。花萼上有粉红色的斑点，楚楚动人，摄人心魄。这朵莲花不发光，但它折射了灯光，刹那间整个实验室变得光怪陆离，如海底世界。墙上、窗帘上、一切使用的器皿上、我的身上脸上全部游动着发光的精灵，顷刻之间，实验室仿佛坠入童话世界。

一朵莲花，它一定是白磷的前世，时间轴的另一端它所表现出的另外一种形态。我看了看温控箱，零下二百七十三摄氏度，也就是通常说的绝对零度！温度和大气压接近了预设值——1953年新西兰人埃德蒙·希拉里第一次登上海拔8844.43米的珠穆朗玛峰，在峰顶测试的大气压和空气湿度，这是人类生存的星球上的一个极限环境。

我不知不觉走到了莲花旁边，忍不住想要去碰它，两只手停在了半空中。忽然，一股火苗跃起来，在冰面上高低有致地跳动着，大概十秒钟的时间，莲花燃烧殆尽了。

实验室恢复如初，我的手还伸在半空。冰砖上，地上，落下了薄薄的一层白磷燃烧完的灰烬。

我兴奋不已，迅速将实验结果记录下来，我要写出报告，写成论文发表在专业的世界学术周刊上。我一定要告诉全世界：白磷这种世界上最普通的物质，在接近绝对零度的低温条件下会获得巨大的能量，能够冲开冰块，以另外一种冰花的形态呈现。

如果我的实验到此结束，那一定很圆满，可是没有。那天晚上我在兴奋中离开实验室回到住处，迷迷糊糊地睡着了。为了准备这个实验，我半个月没有睡过好觉。

听到有人喊救火的时候是凌晨五点。早起打扫卫生的清洁工、食堂里做早餐的师傅、所有从睡梦中被吵醒的学生全部跑到实验楼前面，那时候熊熊大火已经烧起来。火苗先是从化学实验室窗子里蹿出来，窗帘漫卷着火舌，然后引燃了物理实验室、生物实验室，滚滚浓烟笼罩了学校的上空。消防队赶来的时候，空气中弥漫着烧焦的动植物标本的气味，毛发的气味和塑料的气味。那场大火，似乎要将实验室最难以点燃的石棉网都给点着了。

大火扑灭的时候是中午十一点。以化学实验室为中心，向左向右向上连同化学实验室一共四间房屋烧毁最严重，所有的实验仪器、人体标本、音乐器材、美术画板、石膏像等无一幸免。消防人员离开后，警察来了，画圈的画圈，记录的记录，丈量的丈量，整个实验楼仿佛是一起谋杀案现场。当天下午，警察从最早起火的化学实验室开始调查，并找到第一个发现着火的人。

第一个发现着火的是本校的一名清洁工，和往常一样，他四点五十的闹钟一响就起床，从公寓里迷迷糊糊走出来，拿了一把扫帚准备穿过操场去往中心花园时，发现有浓烟从实验楼飘过来。他心里纳闷早上的空气怎么会污染成这样，起初以为有人在焚烧垃圾，后来看到烟雾越来越大,他就朝烟雾散开的方向走过去,这才发现楼里着火了。他把同学们喊过来,有人就打119。幸运的是三层高的实验楼晚上并没有人,因此避免了人员伤亡。

公安人员经过三天的取样调查,根据器材碎片,化学实验室里所有的易燃物品都可以模拟复位,而且都是按照要求隔离空气分装,他们得出的结论是:现场的实验物品不可能引起火苗。但据知情人提供线索,当天晚上实验室有老师在做实验。因此,我成了这场火灾最大的嫌疑人。

公安人员找到了我,让我说说在我走之前实验室器材的摆放情况,我说我走之前将温控器断电清理后放在柜子里,水槽里的水也倒入下水道,肯定漂到了很远的地方,所有的实验器材已经分门别类放好,没有任何问题。公安人员再次对比,确定我说的是事实。实验完毕后所有的实验器材和药剂都是按照规定分装的。

是案子就一定得有个结论,公安局实在找不到有价值的线索,就从北京请来一位侦破专家。引起那场大火的原因终于被找到了。

专家说,大火起源于一些粉末,某种物品燃烧后留下的粉末。

是白磷花。一朵白磷长成的莲花,燃烧后留下的粉末,不对,应该说是灰烬,就像一张纸燃烧后留下的死灰一样,灰烬在休眠了三小时后复燃了。

# 第一章　嫌犯

张川醒来时发现自己躺在医院的白色病床上，头顶正有液体顺着透明软管流进他的手臂，他扭头望向窗外那棵樱花树，樱花开得正盛，他有点恍惚，那是中午，他不知道此前究竟发生了什么。这时候有护士推着医用车走进来，给他换上另外一瓶药，那一刻，他似乎看到了只有梦境中才会出现的境况，一切都显得不真实。他本能地抓住护士的手腕。转向张川这边的是一张清秀陌生的脸，她大概二十五岁。他问护士："我为什么会在医院里？"那护士笑着说："张先生醒了？"继而又沉默了。张川看到一缕阳光正攀爬在她的刘海上，一切都显得那么诡异。

张川拼尽了力气般问："我为什么在这里？"护士摇了摇头，看样子并不能回答张川的提问。张川松开了她的手臂，看着她再次推着医用车消失在病室门的后面。张川忘记了，这天是2009年7月21日。

这是一间有两张病床的病室，另一张床上没有人，被子叠得很整齐，床头的一只枕头有明显被枕过的痕迹。门再次被推开。"你醒了。"一个熟悉的声音。待张川看清楚同事胡洋的那张脸时他已经来到了病床前。

"听医院说,最近两天你可能会醒,我在这儿等了你两天两夜。"胡洋说。

"两天两夜!"张川似乎明白了对面那张床上的枕头是怎么回事。"这到底是怎么回事?我在这儿躺了多久?"张川问。

"你不记得发生的事了?"胡洋诧异地问。

"我想我没有必要骗你。"

胡洋叹了一口气说:"你感觉怎么样,身体好点了没?"

"我感觉不到身体哪里有疼痛,只不过想不起之前发生的事。"

"好吧,既然你已经不记得了,我现在可以告诉你。不过这件事可能比较麻烦,请你在听的过程中务必保持冷静,不可激动,听我慢慢说。"

张川点点头:"你说吧,我比任何人都更想了解真相,况且我还是一名人民警察。"

"你已经在这张病床上躺了整整一周的时间了,在此之前你一直昏迷不醒,现在你醒了,但我有个不好的消息要告诉你,你现在是嫌犯,这也是局里安排我一直在这里等你醒来的原因。"

"嫌犯!"张川在努力克制不让热血上涌,他马上意识到了自己与某些事件的关联,他随口问道,"难不成与5·25案有关?"

"5·25案已经告破。"胡洋说。

"破了?这么快?"张川的疑惑是有原因的,一是就他掌握的线索,5·25案尚有疑点;二是,作为5·25案的主要负责人,他居然对此案告破毫不知情。

"难道你不知道吗？张川，5·25案的嫌犯已经招供，他对犯案当天持刀杀死王心玫的事实供认不讳，证据确凿，5·25案已经破了。"胡洋说。

张川摇着头，继而又低下头说："不对，这里面一定还有问题。"

"对，你说得一点都没错，这里面确实有问题，但问题不出在嫌犯身上，却出在你这位警察的身上。作为一名警察，你应该知道刑讯逼供是违法的，况且当时嫌犯已经招供，你为何还滥用私刑，致使他的脑部受到猛烈撞击。他当场昏厥，被送医院抢救，无效身亡。尽管最终查明，他的死是因为心脏病突发，可偏偏那么巧，很难说他心脏病突发的诱因不是你的暴行！"胡洋暴雨连珠似的说出了这些话。

张川惊呆了，两只眼珠子仿佛嵌在受到惊吓的眼眶里。他半张着嘴，死死地盯着胡洋，这样的状态持续了将近一分钟，张川感觉空气中有蜂鸣般的声音，他一扭头，朝着地面大口呕吐起来。

他已经没有什么可以呕吐的了，他的胃空空的，呕吐变成了一声声干呕。

胡洋也有些慌了，他拍着张川的后背，想让他吐得更顺利点，但张川确实没有什么可吐的了。

"也许我不应该这时候告诉你这些。"胡洋为张川端来一杯白开水，"可是职责所在。"

张川将没有扎针的那只手向空中扬了扬，然后接住水杯，咕嘟嘟喝了一大口。

"我诧异的是，你居然不记得当时的情景了。况且其他警员找到你时，你也倒下了，这一倒，就是整整一周。"胡洋说。

"那么，接下来会怎么样？"张川将水杯捏在手中，仿佛在用水温取暖。

"你还是先吃点东西吧，我已经叫了外卖，应该快到了。"胡洋说。

"不了，你说吧。"

"那么，好吧。"胡洋深深地出了一口气。

"虽然5·25案已经结案，但是你成了逼供案的嫌犯，如果这件事最终给不出合理的解释，拿不出有力的证据，刑讯逼供致死，你将面临牢狱之灾。我们都知道你这份辅警的工作来之不易，但这次恐怕是不保了，希望你能明白，刑警队你是不能再待了。考虑到你有病在身，局里充分讨论过，暂时不会扣押你，但某些地方会限制你的自由，你将不再是公安系统的人，希望你能明白。尤其你现在的精神状态，某些公众场合，建议你不要抛头露面。"

外卖已经送来，张川在病床上坐直了身子，端着餐盒一口也吃不下，他努力寻找过去的记忆，头脑中一丁点蛛丝马迹都没有。

"吃点吧，吃点才有力气，"胡洋说，"我这就走了，你多保重。"张川看到胡洋转身离开，离开时顺手带上了门。张川想起在警局的日子里，一直备受胡洋师兄的照顾。胡洋比张川长两岁，是西洲县公安局的得力干警，想必这次在张川醒来就告诉张川这些话他心里也不好受，但他了解张川，他知道无论发生什么，张川都是能够接受的。

就像十二年前一样，那时候张川正在渭南警察学校上学，被牵扯进一桩黑社会斗殴事件。当时张川正在查一起女同学溺水案，查到了将那名女同学推下桥的凶手，并且在渭南警方的协助下，将凶手抓获，后来凶手被判死刑。可就在执行枪决的那天晚上，张川的宿舍闯入一群歹徒，歹徒持刀割断了张川一名舍友的动脉，舍友没去到医院就死了，另几名舍友也不同程度地被砍伤，张川的背部连中数刀。也不知是学校认为张川与黑社会有关系，还是出于保护张川，一周以后，他被勒令退学。此事过后两年，经渭南警方推荐，张川才在西洲县公安局刑警二中队谋得一份工作，由于他没有取得警校的毕业证，所以这么多年，张川在中队只是一名辅警。

十年来，张川兢兢业业，属于称职有为的警察，他参与侦查、破获了重大案件十四件（其中五件杀人案，四件走私文物案，五件重大制毒贩毒案），破获偷盗抢劫案件两百多件，可他从没有想到有一天自己也会成为嫌犯。此时的张川，头脑里掠过从警以来的许多往事，他想，自己经手了那么多案子，没有一件比发生在自己身上的案件更令人匪夷所思。

张川低下头，一口气喝掉了碗里的粥。

第二天清晨，张川起身，拿起警服，这身衣服一直陪着他，现在它终于和自己没有任何关系了，他想到以后再也不能摸一摸这身衣服，不禁泪眼婆娑。张川离开医院前做了全面检查，身体已无大碍，事实上，他也问过自己的主治大夫，大夫告诉他，这些天，除了昏迷，他身体上并没有表现出其他的症状。

从那棵樱花树下穿过，出了医院大门，走在熟悉的西洲县街道上，张川觉得，路上的行人愈加陌生了。如今，自己再也不是一名警察了，自己得收起这双好奇的眼睛，他提醒自己还要管住那颗爱管闲事的心，就因为爱管闲事，在上大学那会儿让一名舍友丢了性命,难道这还不够吗?

张川想让自己静一静,他朝西洲一中的方向走去。昨晚下过雨,拐进巷道的路坑坑洼洼,他小心地走过一段路,看到了西洲一中的家属楼,这是周末,学校里近乎死寂。

正如张川所料,李云教授依然保持着早起的习惯,张川看到他正坐在阳台上,但李云似乎并没发现他。张川按响了李教授家的门铃。

李云对张川的造访并没有感到惊讶,这对李云来说,似乎是习以为常的事。张川要找李云,也从不会事先打电话通知或者让对方做好准备。张川看了看屋子,和半个月前一个样。

"大侦探,今天怎么有空?"李教授操着一口南方口音说道。

"赶早来,讨杯热茶喝。"张川说。

"正好,昨天学生从滇南送来的新茶,你有福,正好赶上,请坐!"李教授很客气地说。

"还是老样子,成天只知道看化学杂志!跟你说的事你一点都不上心。"

张川说的是半月前的事。半月前,也是在这里,张川告诉李教授,附近的子弟学校有一名女教师,年龄与李教授相仿,丈夫前年因病去世,张川问过她,她本人倒是有意与李教授重新组建家庭。

"唉,五十岁的人了,还有那心思!我每天有这些就够了。"李云指着玄关右边桌上的瓶瓶罐罐和书籍说。

"老倔驴!"虽然李云大张川近二十岁,但他们在一起却经常这样称呼,对李云来说,也已经习惯了。

普洱已经沏好,李教授闭上眼睛将茶喝下。张川将杯子送到嘴边，一股清香已沁人心脾。"好茶！"张川喝下第一杯茶后，顿觉神清气爽。

"似乎一直没有喝到过这种茶。"张川赞叹道。

"倚邦曼松山的小叶普洱，可是很闻名呀。"李云笑着说。

"你确实有口福。"张川说。

"学生时不时会带一些来，偶尔也会帮我带一些实验用品到外地去鉴定，你知道的，我这里的设备可不比高校和科研机构。"李教授说。

"确实不错！好遗憾，我并不懂茶道，只是你这里一名蹭吃蹭喝的路人罢了，我喝了它，似乎有点暴殄天物。"

"哪有，每一种相遇都是机缘，表面上掺不到一块的相遇，往往会发生奇妙的变化。"

张川点点头，这似乎也是他在遇到棘手案件没有头绪时，喜欢往李教授这里跑的原因。这里能够令人平静。

"怎么样，听说你最近病了，本想去医院看看你的，后来又听说不让探视，也就打消了念头。今天见到你，还是蛮高兴的，知道你迟早要来的。"李云说。

"出了一点意外。"张川不无感怀，"怎么说呢？5·25案告破了，但有可能是我这一生破的最后一个案子。"

"这个我也听说了。"李云皱着眉头说，"又是大功一件，可是，为什么会是你破的最后一个案件呢？"

"说来你可能不信，如今我也成了嫌犯。怎么说呢？查了这么多年案，没想到最后居然把自己也……还是不说了吧，命运如此奇妙，难以言说。"

一连串的沉默。张川望向窗外,昨夜的雨真大,校园里那棵紫薇树花落了一地,不知从何时起,在北国这种树也多起来了。"昨夜的雨真大,但那一树樱花……"张川这才明白,这已是7月,医院花园里的是一棵永远不落的人造樱花树。

李云又沏了两杯茶,张川举起自己的杯子一饮而尽。李云也将杯子拿起来,快送到嘴边时,突然停下来:"人生不如意者十之八九,问心无愧则足矣。"

"是啊,人生不如意者十之八九,上次走得匆忙,后来我看完了你的备忘录,对你在衡南大学的研究深感震惊。白磷在温度和气压达到一个极限值的时候,竟然会开出妖艳的花,这的确令人匪夷所思。那时候你已经取得了如此高的成就,可谁也没有想到,就因为一次实验事故,你来到了这座西北小县城,做起了中学教师,试想又有谁能接受这样的命运呢?但现在,我想你已经释然了,从你交给我备忘录就能看出。"张川说。

"在这座城市工作了这么多年,我从没有向谁提起过那件事,但它一直纠缠着我,兴许,在人生这条路上,每个人都会遇见那个未曾遇见的自己。从那一天起,我重新认识了白磷,我知道,死灰是会复燃的。死不一定是结束,或许恰恰是另外一个预谋的开始。"

## 第二章　身份

南镇派出所接到群众报案，是2009年5月25日凌晨三点。位于南镇黄龙湖畔的夕月旅社发生火灾。南镇派出所的警察赶到现场时，消防官兵已将大火扑灭，意外的是，旅社301房间发现一具被烧焦的女尸。

几分钟后，负责南镇片区的西洲县公安局刑警二中队赶到了现场。

报案的是一名男子，名叫赵璐。当天晚上，赵璐住夕月旅社的101室，他半夜有起夜的习惯，旅社每层有一个公共厕所，赵璐夜里起来去解手须得从房里出来，走到最北端的公厕。听赵璐口述，当他从房里走出来的时候，大概是睡眼惺忪的原因，并没有发现什么异常，只是闻到空气中有呛鼻的气味。那晚月光很好，他解完手返回，经过一楼过道时，空气中那种刺鼻的味道更浓了，他这才来到了院子中央，想一看究竟。当他抬起头来时，他看到了三楼房间里冒出的浓烟，也看到了冲上楼顶的火光……

"麻烦您，请将老板叫来。"张川对赵璐说。赵璐转身去叫老板，张川掏出笔在本子上画下了这样的图形：

```
| WC |   |     |     |     |     | 301 |
| WC |   | 205 | 204 |     |     |     |
| WC | 楼门 |     |     |     | 102 | 101 |

| 老板 |
```

老板正准备去刚被灭火的301房间清理物件，被赵璐叫到了张川跟前，另外一名警察对老板说道："凶案现场现已戒严，清查物品的事恐怕得缓一缓，另外还有些工作需要您提供方便。"

"警察同志，有什么需要帮忙的，您尽管直说，能帮到的我一定竭尽所能。"老板弯着腰，并从口袋里掏出烟一一给警察递去。他们并没有接烟，大概这时候不太适合来一支吧。

"五分钟后，将所有宾客都叫到这里集合。"张川对老板说完这话以后，向那栋楼的楼门走去，楼梯靠北，也就是厕所的同一侧，一楼楼梯口正对着老板的屋子，大概是因为这样设计，无论上下楼，老板都可以查看有哪些人出入吧。上到二楼，张川扫视了一眼二楼楼道，楼道的外围是一圈玻璃护窗，玻璃碎成了残渣，有些玻璃碎片还残留在窗子上，随时都有掉下去的危险，更多玻璃碎在了楼道里，到处是烧焦的布帘以及消防灭火器喷出来的干冰黏在一起的黑色碎片。

张川上了三楼，他看到的情况比二楼更为糟糕。303、302两个房间里，被褥、电视、桌椅无一幸免全部被烧毁，地上铺着一层灰烬，空气依然是那样刺鼻。

张川正要迈开步子进入301房间时，从县城赶来的黎法医也走上了三楼，他的身后跟着中队的小陈，三人相继走进了301。

如果与其他房间的布置相同，这个房间的最里头正对着房门的一堆灰烬，应该就是床，尸体就躺在那堆灰烬里，已经被烧焦了。靠近窗台的灰烬里夹杂着没有烧完的桌腿木棒，那里原本应该是一张木桌。小陈将灯挂在靠近床的墙壁上，黎法医向尸体走去。

死者女性，二十一岁至二十二岁之间，面部朝下烧毁，五官无法辨认，鼻腔内无明显烟尘，胸口中刀，插入左肋骨下方至心脏，伤口约两寸，凶器为窄小水果刀之类。地面上有焚干的血迹，初步判断因失血过多而亡，死亡时间大概凌晨一点到一点半。随着黎法医的鉴定，小陈在本子上记下了鉴定结果。

其他情况，还需要送技术科做进一步查验。

"杀完人又纵火焚尸。"张川点点头，"辛苦了！事出紧急，才大晚上把你叫来。"

"没事，张警官，职责所在。尸体现在就可以带走了吗？"

"我想还不能带走，这里是第一现场，尽可能在这里让死者家属确认身份应该更好一些。"张川说。

"哦，我倒是把这个忘了，那么，等确认身份后，再做进一步的查验。"

"好的，辛苦。"

张川三人下了楼，来到了院子当中。"今晚住店的客人全到这里了吗？"张川问老板。

"都到了，除了楼上死去的那位女士。"老板说。

"客人住店时登记的信息在不在，我们需要查一下。"张川说。

老板早已将住房登记册准备好了，他将册子递交到张川手上。张川找到301房的登记信息，姓名王心玫，身份证显示其年龄为二十二岁，家住南镇牛家村107号。张川心想，性别和年龄倒是与鉴定结果相符。

张川似乎想起了什么，他对老板说："我看你店里一楼通往二楼的楼梯口还加了楼门，请问晚上是锁着的吗？"

老板说："一般到了晚上当我看到所有房间的灯都熄灭后，我就会锁上一楼楼门，客人如果晚上起夜，可以到该楼层的公厕，楼上的客人如果晚上谁要出去，下楼敲楼门我也能听见。昨晚十二点钟我看见所有的屋子都没有了灯光，就锁上了楼道门。"

"那么，这样一来，二楼和三楼的客人就不会走到一楼或者出旅社，除非叫你在外面开门是吧？而一楼的客人也上不了二楼和三楼。"

"对，是这样。"老板说，"昨晚这道门在十二点上锁，直到赵璐喊救火我才开了门，当时楼上两间房里的客人看起来也刚被喊醒，正准备要下楼。"

张川翻开登记册，101房间住着的是赵璐和荀秀琴，老家淮阳。

## 第二章 身份

102房间住着的是一位老人，名叫段承前，家住邻县。205房间住着的是一位中年男子，名叫常遇春，常住地址是湖南新宁县。204房间是一对父女，父亲叫王建，女儿只有六岁，常住地址陕西咸阳。加上王心玫，晚上住进夕月旅社的旅客共就七位。

张川拿着登记册和小陈嘀咕了两句，小陈去把客人散开，为了节约时间和防止串供，警察准备分别对当晚住店的六名客人进行谈话。

张川简单地向老板问了几个问题，就转身离开了旅社，他努努嘴，自言自语道："这帮人，今晚又有得忙了。"

乘着夜色，张川沿着黄龙湖公路一直向上游走去，湖水让夜晚显得更清凉了。黄龙湖景区开发后，一到夏天，这一带游客便多起来，来自本县县城和其他乡镇的男女老少，一有时间，便往这边跑。近两年，外地游客也多了，黄龙湖一带的治安维稳一直困扰着当地政府，南镇派出所和刑警二中队更是丝毫不敢懈怠。虽说这两年小案发生了不少，这么离奇的杀人纵火案还是头一桩，张川心想，这回怕是摊上棘手的事了。

由于平日里工作繁忙，张川已经很久不来黄龙湖走走了。这里的变化可真大呀，环湖一带全是大大小小的农家饭庄和小旅社，近一点的小旅社就开在环湖公路旁，远一点的都建在了半山腰，一座座小别墅似的，那些旅社的门前都统一挂着红灯笼。5月底正是天气炎热、游人避暑的时节，看看这一带的繁华就能知道白天这里人流量之大了。

张川向上游走去，这时候已近凌晨五点，东方已朦朦胧胧地露出鱼肚白了。从上游向下游看去，蜿蜒的黄龙湖就是一条龙啊，水是细长柔软的腰身，纵横跋扈的龙爪正是延伸进山体褶皱里的水湾和建筑物。在这些建筑物的身后，又有南镇人长年种着的庄稼，绿油油的是麦子和玉米。

张川在早上六点赶回中队，同事们逐一汇报了当晚与夕月旅社客人的谈话笔录：

当晚住进夕月旅社的一共有七个人，分别住进了五个房间，除了受害者以外，住在101房间的是赵璐和他的妻子，警方对他们夫妻隔离谈话得到的信息基本一致，凌晨两点半左右赵璐出门解手发现三楼着火，其实那时候妻子也已经醒来。赵璐出门后，妻子看了看时间，时间是妻子确定的。

住在102房间的客人从晚上十点睡下后，一直到赵璐喊救火才醒来，况且，住在一楼101房间和102房间的客人在这段时间不能上楼，因为楼门已被老板在晚上十二点上了锁。

住在二楼204房间的是一对父女，听他们说，这旅社的隔音不好，他们被205房间大汉的如雷鼾声吵得一直没睡着，于是快到十二点时，他们关掉了电灯，父亲为女儿讲故事。虽然他们始终没有睡着，但他们也没有闻到刺鼻的味道，直到两点半，听到赵璐的呼喊声才起了床。女儿和父亲分别回答的内容一致。

住在205房间的常遇春陈述，他不到十一点就已经睡下了，一直到听到有人喊救火才醒来。

看起来，住在这家旅社的六位客人都有不在场证明。

试想一下，有谁在杀人纵火后还会待在作案现场辐射范围内呢？

"这就对了。"张川点了点头，对小陈说。

"敢情你早已料到凶手不在店里，你还让大家花了半个晚上的

## 第二章 身份

时间逐一询问？你这个小组长可越来越会当。"小陈笑着说。

"这只不过是这道题里的一个选项而已。"张川说，"另外，立刻召集人手，在黄龙湖这一带拉网式寻找凶器，确切地说，是一把水果刀。中队的人手不够，向县局和派出所借调。"

小陈说："怎么，牛家村不去了吗？死者身份可还没有确认呢。"

"确认？"张川点点头，仿佛被提醒了似的，缓缓地点头是他的一个习惯性动作。

这时候办公室的电话响了，小陈接起电话，说找张警官，电话是南镇牛家村村支书打来的。村支书说："今早转接到张警官您的电话，说要找牛家村107号的家人，可是这家人早在半年前就已经搬走了。今早我们特意派人向他家邻居打听这家人的下落，可是实在抱歉，竟没有一个人知道他们的去处。"

"那么，半年前，她家里还有哪些人呢？"张川问道。

"如果死者是他家孩子的话，那么半年前她家里只有她的父亲和母亲。"村支书说。

"如果，是什么意思？"张川有些惊讶地问道。

"是这样的，张警官，村里的邻居从没有见过一个叫王心玫的人。差不多五年了吧，牛家村107号就住着这一对老夫妻，我们也是今天早上才从你们那里得知，有个人将户口落在了牛家村107号。"村支书说。显然，他认为王心玫是后来落户牛家村107号的。

"那么这老两口有什么特别的吗？您是说，近五年来都是他们老两口在过日子，家里再没有别的人是吗？那么，五年前，是不是还有人跟他俩同住呢？"张川问。

"要说有什么特别的嘛，确实也没有，男的一直在县林业局工作，半年前从林业局退休；女的嘛，听说有病，很多年了。至于五年前，其实他们家还有个孩子，叫王书玫，去外地读书听说死在了外地，至于死因，村里人没人知晓。"

"是这样啊。好的，麻烦您了，如果有别的事，我会再和您联系的。"

放下电话，张川立马叫来小陈，问搜查凶器的事。小陈说，已经按张川的吩咐请求支援。半小时后，县公安局和南镇派出所的警员就会赶来，去黄龙湖一带展开地毯式搜查。

张川又拨通了一个电话，那是南镇派出所户籍室的号码："请帮我查一下南镇牛家村107号一个叫王心玫的人，看看是什么时候转户落户的，原籍是哪里？"

半分钟的等待后，电话那头说道："王心玫的落户时间是二十二年前的6月23日，原籍就是南镇牛家村107号，没有转户痕迹。"

张川眉头紧锁，仿佛陷入一片失落里，户籍室一向与他们很配合，他们会尽可能地提供与案件有关的线索。电话那边没有挂，沉默了片刻电话那头又说道："不过有件事，不知道对你们是否有用。"

"请说吧。"

"户籍地为南镇牛家村107号的王心玫在五年前做过一次姓名变更，她的曾用名是王书玫，当时的申请变更人是她的父亲王子尧。"

这么说王心玫就是王书玫，王书玫不是死了吗？这到底是怎么回事，张川的心头仿佛响起了一片惊雷。

## 第三章　离隐

走出中队时张川想起案发那天他离开夕月旅社时，曾问老板，住301房间的王心玫是否是自己一个人来的。

老板说："进来时，他们是两个人，还有一男的，长得很粗犷。一进门说他不住店，他是送朋友的，于是我也就没有登记他的身份信息，不过我看到那男的在晚上十点钟左右离开了。"

寻找南镇牛家村107号王心玫家属，以确认死者身份这条线看来暂时是走不通了。离开中队时张川向县局打了个电话，接下来他得部署两件事，其一，夕月旅社的尸体得尽快送往中队以做进一步的鉴定；其二，他得通过县局的介入去一趟林业局。

张川赶到县林业局时，看到门口停着一辆警车。胡洋已在那里等着他。

"好久不见。"张川上前和胡洋握手。

"好久不见，没想到能够再次联手。"胡洋狠狠地捏了下张川的手，并拍了拍他的肩膀，"合作愉快！"

"合作愉快。"张川印象中的胡洋做事干脆利落，雷厉风行，这些年胡洋在警局处理过的疑难案件不在少数,有"快侠"的称号。

县林业局建在山顶,胡洋提议将车辆停在半山腰,他们徒步上山。在走向林业局的路上,胡洋说他在县局已经听说了案件的消息。

"我想听听你对这起案件的看法。"胡洋说。

"就目前来说,掌握的线索仍然太少,可以说是无从谈起,包括死者身份的确认,现在下结论还是为时过早。不过,我隐约觉得,这起案件,可能比我们想象的更为复杂。"张川心里明白,也正是因为案发已经快超过二十四小时了,死者身份依然无法确认,县局才介入这起原本属于刑警二中队所辖地区的案件。张川对县局的介入心照不宣。

"那么,你对当晚夕月旅社六位旅客的不在场证据怎么看?"胡洋继续问。

"似乎也没有什么疑点。"

"听说他们中有几个是外地人?"

"没错,而且外地人居多,我了解过了,黄龙湖附近旅社的旅客大多是外地人。想想看,西洲县境内,方圆也就一百多里地,七十多万人的县城,有固定住所的人,一般晚上都是可以赶回去的。"

"这么说来,死者身份是王心玫就值得怀疑?因为她的户籍地就是南镇。可我不这样认为,原因之一是不能排除游客住店是不是为了观赏黄龙湖夜景,二来王心玫虽然是本地户口,但她的户籍地半年前就没有人住。我去过牛家村107号,那个院子已经荒废了,看来王子尧夫妇是没打算再回来。"

张川看了胡洋一眼，欲言又止，虽然案子发生在刑警二中队所辖地区内，在县局工作的胡洋还是没有按捺住好奇，在案发之后几乎同时和张川展开了调查，张川虽然有些诧异，在心里却也能够理解。胡洋就是这样的一个人，他对疑案有一种饥饿感，仿佛一匹狼遇见了猎物。

"那么，夕月旅社的六名客人现在怎样处理了呢？"胡洋见张川对他刚才那番推论不置可否，换了一个角度。

"虽然他们都有不在场证据，但队里考虑到死者身份尚未确认，已通告他们一周内不得离开南镇，随时接受警方的调查。你也知道的，他们中有几位是外地人，如果离开，调查起来有可能鞭长莫及，徒增困难。"张川斩钉截铁地说道。

公路拐了个弯，五六月间林子已经长得特别茂盛，树影斑驳，也偶尔吹来暖风，但比起县城这里凉快多了。县林业局为新中国成立初期所建，当时国家财政紧张，就在山顶的一座公园旧址上修了栋楼，做林业局办公用地，新城规划后，林业局将会搬至城内，这里将会改建成森林公园。

"上了年龄的人走这山路可够呛。"张川说。

"怎么，你三十几岁的小伙子还提上了年龄呀，那林业局的老员工怎么办？"胡洋脱掉外套搭在肩上，身上只留了一件背心。他可在心里跟张川较劲呢，县局的警察怎么能输给中队的警察呢！

"也是，人不应该对生存环境存有抱怨。"张川说。

"哦，对了，你觉得王子尧夫妇是怎样的人，我觉得这两人身上肯定有什么秘密。"胡洋突然说。

张川在路上站定，吐了一口气，突然说："也许我们应该加快步伐。"

于是两个人在陡峭的山路上小跑起来，树影在他们身后哗哗退去，偶尔也有车辆从他们身旁经过。

到山顶时，两人都已经气喘吁吁，张川说："是该好好锻炼啊！"胡洋应声道："是的，真应该好好锻炼。"看来这回两人倒是达成了少有的默契。

接待他们的是林业局办公室王主任，王主任说："局长出差了，听说警局要来人，局长特意安排我来接待二位。"王主任没有一点官架子，反倒很热情，为两位警察泡了茶。

"我们这次来，主要是想打听王子尧这个人的情况。"张川开门见山，胡洋已经拿出了本子，开始记录。他知道虽然自己是县局派来的，但是这个案子的直接负责人还是刑警二中队的张川，他只需要做好记录即可。

王主任从身后的档案柜里翻出一个档案袋，他打开档案后说道："抱歉，有些资料我记得不是很清楚，况且王子尧比我要大一些，请允许我对照他的档案回答你们的问题。"

"请便。"张川说。

王子尧是二十五年前，也就是1984年从小龙山林场调到县林业局的，那时候小龙山林场准备全面关闭，所有的员工就近进入林业系统其他单位，王子尧调来不久，小龙山林场也就关闭了。王子尧生于1949年6月，按照规定的退休年龄，也就是要到今年的6月才能退休。半年前他向单位申请提前退休，理由是照顾老伴，考虑到他老伴长年卧病的特殊情况，局里经过会议讨论，准予王子尧提前半

## 第三章 离隐

年退休。退休后，他再没有到过林业局办公室。

"那么，他退休申请上有没有附上有关他老伴的病历或者诊断证明什么的呢？"张川继续追问。

"诊断证明应该是有的，我记得当时他附了诊断证明的复印件，"王主任翻看着档案袋中的资料，并从中抽出了一张纸，交到了张川手上，"请看。"

张川接过诊断证明，那是十几年前西安某医院出具的，王子尧老伴患有输卵管肿瘤。

"那么，我们能否将此证明复印一份以做调查用呢？"张川问。

"请便，我们尽可能地满足警察同志的要求。"王主任说。

"还有个事我们想问一下，王子尧平时在单位同事眼中的印象如何？"张川觉得有必要了解一下同事眼中的王子尧。

"王子尧是难得的实诚人，他平时言语不多，和单位上所有的同事都能够处得来，是老好人一个。"王主任说。

"那么，他平时有没有特别走得近的人呢？"

"说实话，我在单位也差不多二十年了，从没有见过王子尧和谁走得特别近，感觉同事们跟他也都是泛泛之交。"王主任说。

"那么，他有没有跟你们或者其中之一说起过他的家庭情况呢？同事之间交流这些大概再正常不过了吧。"张川追问道。

"家人倒是说起过，除了长年患病的老伴，他还提起过他的女儿，不过那是很久以前的事。后来听说他的女儿大学毕业后意外去世了，从此以后，关于他家人的话题同事之间没人再提，他也就再不说了。"

"听说他死去的女儿名叫王书玫，不知道这个名字我有没有记错？"张川在问这个问题时，眼睛在观察着王主任的变化。

"您没记错，王子尧死去的女儿就叫王书玫，但我们都没有见过她。"王主任平静地说。

"王子尧在外地有没有什么亲戚？"

"这个真没听他说起过。真不知道。"王主任摇了摇头。

"那么，谢谢您，打扰您了，实在抱歉，我们就先谈到这里，如果有其他事，我们还会再来，谢谢。"张川起身，做告别前的准备，胡洋也站起身，在张川问话的这段时间，他一直一声不吭。

"应该的，如果能够给警察同志提供有用的东西，我们也倍感欣慰……我想多问一句，老王是犯了什么事了吗？"王主任见张川他们就要离开，转而又问道。

"有一个案子可能牵涉到他，不过他半年前外出给老伴看病，现在看来应该和他没有什么关系。"张川安慰似的说。

"应该不会吧，他是多好的一个人。"王主任自言自语地说。

从办公室出来，张川和胡洋穿过院子，看到墙角有个人正在持着一把剪刀在剪树，张川让胡洋在原地稍等片刻，然后穿过院子中的两棵龙爪槐，向那位园艺工人走去。

此时的阳光正烈，胡洋的额头都渗出汗来，他看到园艺工人戴着一顶大草帽和张川说着什么。胡洋后悔上山时竟没有戴一顶帽子。

十分钟左右，张川向这边走来。"走吧。"走到胡洋身旁时，张川说。

"是熟人吗？跟他聊了些什么？"胡洋向园艺工人努了努嘴。

"不是熟人,他也是这里的工人。我向他打听了有关王子尧的情况,和王主任说的并无二致,所以没有什么发现。"

胡洋竖起食指,指着张川嘿嘿一笑:"你可真鬼!"他知道刚才张川是在跟园艺工人了解王子尧,以此来推证王主任的话。

这样说着,张川和胡洋向山下走去,张川耳旁还萦绕着王主任那句话:"应该不会吧,他是多好的一个人。"

电话突然响了,张川看了看,是黎法医打来的。

"啊!死者在死前有中毒症状……毒药查明了吗……什么?硫酸……"

## 第四章 鼾声

下山后，胡洋一个人开车去了黄龙湖。抵达夕月旅社时已经是傍晚时分，自从杀人纵火案发生后，旅社一直被警队封锁着。胡洋走到院子中，看到那里拉着一条黄色的警戒线，那栋每层有着五个客房的三层楼依然保持着火灾之后的原状，胡洋在院子西面的一间平房里，找到了旅社的老板。

"你好，我想查看一下205房间，麻烦你带一下路。"胡洋出示了自己的证件。

老板看上去有些失落，从抽屉中拿出一串钥匙："唉，真倒霉，恐怕得再过段时间才会有生意了，你说这好端端的……谁又能料到呢？"他一边说一边走出房门，朝一楼楼梯口走去。

一楼的楼门紧锁着，胡洋看了一眼，这扇门一锁，一楼向楼上的通道就彻底切断了。他们走上二楼，紧挨着二楼楼梯口的就是205房间。老板掏出钥匙，开了门，屋子里光线很暗，这间屋子除了窗帘被烧，靠近窗台的那张桌子也烧得残缺不全，最里头摆放着的一张床烧得不是很严重。

"火灾发生时，住在205房间的客人就睡在这张床上？"胡洋问。

"应该是吧。"老板说。

"当然他也可能睡在那张沙发上。"胡洋指着靠西墙放着的已经被烧掉了一半的沙发。胡洋敲了敲205与204之间的隔墙,是砖墙。

沙发被烧毁的一端,地面上留下一大堆灰烬,人造革的沙发,居然也能燃烧得这样充分,而沙发的缺口上,有大量的灭火泡沫铺在上面。

胡洋走出205房间,走在二楼过道里,那里的情景和张川在去林业局路上所描述的一模一样,火先是从三楼301房间引燃的,蔓延到二楼楼道的窗帘,再到二楼的房间。胡洋看到二楼的最右边靠近205房间和楼梯口的地方,有一个砸坏的消防栓。

胡洋走进204房间,那天这里住着的是一对父女,204房间要比205房间烧坏得略微严重些,那张床也被烧掉了半个。房间的布局,和205房间一致。

胡洋进入301房间,这里的情况他不仅从张川处了解了,还从公安局收集的案发现场的照片上看过了,看来已经被烧得所剩无几。下了楼,胡洋向老板要了当晚的客人登记信息。

他对着信息登记册拨了个电话号码。

在此之前,胡洋已从局里得知,住205房间的客人常遇春在案发后暂住品如旅社。四间客房的客人分别住在四所不同的旅社,旅社是他们自己选的,住下后给公安局提供了他们的暂住址。打完电话,胡洋向品如旅社走去。

沿着黄龙湖蜿蜒而上,品如旅社在半山腰里。他走进品如旅社，向旅社的老板打了个招呼，就径直向常遇春的房间走去，他敲响了常遇春的门。

再次敲门后，常遇春才出来开门，他揉着眼睛问："谁啊，敲个没完没了，还让不让人睡觉了？"

"您好，请问您是常遇春吗？"胡洋出示了证件，显然对方没有想到警察会来得这么快。

"您是说，您刚才在睡觉？"胡洋问。

"可不是嘛，你们公安局又不让人走，我整天在这里无所事事，就只能埋头睡大觉了。怎么，还有什么要问的？进来问吧。"

"好的，多有打扰，听您口音，似乎不是本地人。"胡洋来了个明知故问。

"这个我已经对之前那个警察说过了，我是湖南人。"

"那么，您是来黄龙湖观光旅游的？"

"嗯，是的，天气太热了，黄龙湖是个避暑的好地方。"

"您那天晚上是睡床上还是睡沙发？"

"哦，睡的沙发，天气这么热，才懒得睡床呢。"

"那么，二楼楼梯口那只消防栓是您打碎的吗？"

"是的，当时我听到有人喊救火，匆忙从沙发上爬起，破门而出时发现二楼也已经烧起来了。我当时没有想太多，就跑到楼梯口砸碎了消防栓，试图灭火，可是火太大了，根本灭不了，最后我只得放弃灭火，朝一楼跑去。"

"当您跑到一楼时，楼门是打开着的？"

"当时的楼门确实打开着，我跑下楼，消防官兵到了，院子里围满了人。"

## 第四章 鼾声

"等等，您住进夕月旅社时有没有带行李？"胡洋问这句话时，他用余光观察着常遇春的眼睛。

"哦，没有，没有带行李。"胡洋看到回答这句话时常遇春有一点犹豫，目光也有所躲闪。

"好了，多有打扰，谢谢您的配合，这几天您还不能离开南镇，也不要离开品如旅社，方便公安局随时找到您。"胡洋说完，起身准备离开。

"那我送您。"常遇春说。

"不用了，已经打扰您休息了，请多包涵。"胡洋拱手，做了个拜谢的手势。

出了品如旅社，天空阴了下来，这让胡洋的心里也一片阴郁。胡洋的脑袋转得飞快，在他的心里，对于刚才拜访的常遇春，疑点似乎并没有消除，反而增多了。常遇春说案发当晚他睡在沙发上，可是沙发并没有与204房间紧挨在一起，他如雷般的鼾声又怎么能够穿透一堵砖墙，而影响到204房间王建父女的睡眠呢？更重要的是，就在刚才胡洋赶到常遇春房间的时候，常遇春说自己在睡觉，可他在门外丝毫没有听到常遇春的鼾声，而如果说他尚未熟睡的话，为什么自己连敲了两次门，他才开门呢？

他猜测如果常遇春所言非虚，那么王建父女所提供的关于常遇春的不在场证明就一定有问题，可他们为什么要帮助一个素不相识的人为他提供不在场证明呢？难道仅仅是为了用对方的不在场证明来证明自己的不在场？无论如何，胡洋都决定走一趟黄龙旅社，案发当晚住在204房间的王建父女就住在那里。

他一路下山，顺着河谷向上，再拾阶而上，不远处便是黄龙旅社。黄龙旅社是黄龙湖最大的一家旅社,也是政府投资,由私人经营的一家旅社,管理正规,环境赶得上星级酒店,因此政府接待来宾大多也住在这里。虽然住宿费贵了些,但常常也是人满为患。

"抱歉,因为案子的原因你们父女俩暂时不能离开了,我代表公安局表示歉意。"胡洋见到王建父女时,他们的房间门正开着,王建独自躺在一张床上看一本杂志,而女儿正在看电视。那是一间标准间,从窗口可以看到远处的山峰和近处的湖水。

王建点点头,说了声"没事的",就去给胡洋倒了杯水。

"这儿的住宿费很贵吧,像这样的标准间一天得多少呢?"胡洋将头转向王建,身旁六岁的女孩还在全神贯注地看着动画片。

"大概是夕月旅社的两倍吧。自从发生了前天的事,我决定和女儿不再住那种环境差、管理又松散又不安全的小旅社了。这儿虽然贵点,但是环境、管理都不错,你看窗外有山有水的。"王建说。

"那么,王先生和女儿这次出来是单纯的旅游吗?"胡洋问道。

"可以说是非常单纯的旅游,你知道吗?案发那天正好是我女儿的生日,我去年就答应她今年的生日要带她出来旅游的,可没想到会发生这样的事。带她出来,我真后悔。"

"你女儿很爱旅游?"胡洋问。

"确切地说,她更爱冒险,这么小的孩子,不知道怎么就那么喜欢冒险呢?"王建摇着头说,似乎连他自己也不能理解自己的孩子。

其实胡洋一进门就注意到了,女孩看的动画片正是《爱丽丝漫游奇境记》。

"王先生从事的是什么职业呢？您的太太这回没有陪孩子出来吗？"

"我是一名教师，这几天正好放假，我太太……我们离婚了……"

"哦，抱歉，或许我不应该问的，请恕我不知。"胡洋连连道歉。

"没什么，都过去的事了，就因为孩子的原因，我和我太太离婚了，她总是抱怨我陪孩子太少。确实，我也没尽到一个父亲的责任，也怨不得别人。"

"那这次出来您打算和孩子玩几天呢？"

"原本准备收假了就回去的，没想到……你看，孩子幼儿园也去不了，我也不能上班，这不，今儿早上我刚刚给单位打电话请了假。唉，但愿这事尽快过去，案件尽快侦破。"王建有些哀叹地说。

"哦，我们聊聊案子吧，记得您曾说那天晚上因为隔壁房间的鼾声，您和孩子一整宿没睡是吧？"

"我确实听到了隔壁房间的鼾声，我女儿也听到了，我保证那不是幻听，确确实实就是鼾声，因为这个，我几度想起来叫醒隔壁，可我一想这样太不礼貌，最终还是没有去叫。后来我想换一个房间，走出房门准备找老板时，我又怕吵醒了店里其他客人，毕竟一点多钟了。此前我还听到了锁楼门的声音。"

"那么，当晚，你和女儿分别是怎么睡的呢？"

"由于天气太热，我睡沙发，女儿睡在床上。"

"哦,是这样。"胡洋说完,使劲地点点头。

胡洋离开黄龙旅社时向公安局打了个电话,没过多久,电话就回过来了。此时,胡洋正行走在黄龙湖的边上,迎面吹来凉飕飕的风,使他感觉此前的烦闷被一扫而光。

电话里说,在县教育局的人事档案里查到了王建的任职单位,他是西洲县第二中学一名普通的教师,去年与妻子离婚,离婚时间也正好是6月前后。他和前妻生有一个女儿,今年六岁,现由王建本人抚养,女儿的生日是5月25日。

"没有人愿意在行凶时带着自己的女儿,换句话说,这样一个偏僻的旅社,他不可能在夜晚单独丢下女儿去行凶杀人,如果有,那这人也太变态了。"胡洋喃喃自语,湖面的风灌进他的衣领,吹干了他衬衣里的汗水。

"那又该如何解释呢?常遇春睡觉时明明没有鼾声,难不成他撒了谎?也许他原本待在房间里在做什么见不得人的事,因为匆忙收拾,在我连按两次门铃的时候才开门?"胡洋实在想不通这到底是怎么回事,一个人站在湖边自言自语。"还有一个极大的疑点,常遇春所住的205房间沙发的外端一定放有什么东西,烧完之后才能留下那么多的黑色粉末,到底是什么呢?他又为何不承认自己带行李入住夕月了呢?而他躲闪的眼神告诉我他一定是带了行李的,可老板说,常遇春登记入住时并没有看清他是否带有行李,这又作何解释呢?"

胡洋的头脑里有好多想不通的东西,此时,他正在一缕缕地将它们理顺,可是当稍稍理顺了些,胡洋突然迷惑了,他不知道接下来该从哪里展开调查。

## 第四章 鼾声

胡洋站在黄龙湖的堤坝上,来回踱着步。手机突然响了,他从兜里摸出来,一看是张川打来的。

"喂,有什么发现……在玉米地……一把水果刀……怎么可能?不可能的……马上请法医检验吧,看与伤口是否吻合……但,但如果是吻合的,那么……"胡洋头脑嗡嗡地响,立刻挂掉了电话,疯了似的向黄龙湖的下游飞奔而去。

胡洋开车疾驰到中队时,张川已经在门口等着他。刑警二中队就在南镇派出所旁边。

"你刚才说什么?电话怎么挂了,什么如果是吻合的?"张川撵着胡洋问。

"我们边走边说。"胡洋向中队大门冲去,张川紧跟其后,他们向验尸房跑去。

"如果伤口是吻合的,那么作案的人一定还有接应,就不只是楼上的某一个人了。"

"你怀疑楼里的某一个人了是吧?"张川问。

"205房间。205房间的沙发一端,有什么东西燃烧的灰烬,205房间的客人却不承认他带了行李。你想一下,如果那不是贵重物品,他为什么在被一楼的叫喊声叫醒,发现大火之后不迅速离开,反而选择了砸破消防栓匆忙灭火?面对危险第一时间选择逃生难道不是人的本能吗?他一定是想抢救什么贵重物品,可是火势太大无法抢救他才最终放弃的,可如今他并不承认那屋子里有自己的贵重物品,这不是很可疑吗?"

"而如果凶器与伤口吻合,意味着凶手还有外应,这也就不难解释204房间所听到的鼾声,205房间明显如雷的鼾声是可以让另外一个人来假扮的。还有一点是,火势无法控制,恐怕是他们谁也没有料到的。又或者,凶手是想在火势刚起时,老板就会看到火而打开下楼的门,他们便会趁乱逃离现场,可事与愿违,老板并没有及时开门,他意外地被留在了楼上,这一点终究成了他们的败笔。"胡洋一股脑抛出了自己所有的推论。

张川听出了一身冷汗,短暂的停顿之后,他问胡洋:"那作案动机呢?"

"这还不明显吗?205房间沙发旁的黑色粉末,那是烧毁的贵重物品,205房间的客人之所以不承认,那物品极有可能原本就是死者拥有的。"

"你说什么?黑色粉末?"张川瞪大了眼睛问。

没有等胡洋回答,张川就向后退了两步。这回换成张川疯了似的奔跑了,身后是胡洋的呼喊声,可张川听不见了,他冲出中队的大门,跑过那两排高大的白杨树,开车向南镇黄龙湖疾驰而去。

## 第五章 时间

第四天，死者的身份还没有确认，案件陷入扑朔迷离之中。

而如果说常遇春还有另外的帮凶的话，这个人会不会是一开始陪同王心玫进入旅社的那个人呢？

在此之前，当张川听说胡洋在205房间发现了黑色粉末之后，他觉得似乎忽略了什么，他从警局开车飞也似的奔向夕月旅社，他要查看的对象却不是205房间，他径直上了三楼，进入了301案发房间。

第四天了，夕月旅社依然被严密封锁，仿佛笼罩着一片阴森恐怖的气息。这是白天，案发当晚看不到的和疏忽了的东西，现在可以看得真真切切。他看到的和那天晚上见到的大致一样，301房间的窗户紧闭，一扇木门已全部烧毁，从门锁的情况来看，起火时，那门是锁着的，死者在一个密闭空间被人杀死。当然，那种门锁在外面手拉可以锁上，凶手完全可以杀完人之后从门口离开，并在离开时将门锁上，所以并不完全符合密室杀人的案件常理。这些线索早在案发当晚已被张川掌握，但张川感觉遗漏了什么。

他再次查看房间，在距离床不远处发现了一堆灰烬，但那堆灰烬又与胡洋所描述的不同,张川拍了一下脑门。"就觉得哪里不对劲,得感谢胡洋提了个醒。"他自言自语道。确实,如果没有胡洋说起的黑色粉末的事,张川不会在一片火烧后的狼藉里再次找到这细微的不同寻常之处。他找来了夕月旅社的老板。

"我记得你说过,你们店里所有的房间布置都是一致的,对吧?"张川问。

"是的,所有房间大小一致,里面的家具摆设家具大小都一模一样,就连住宿费都是统一的。"老板肯定地说。

"那么,原本这里摆放着什么东西?"张川指着那一堆灰烬说。

"这里,"老板略微停顿后说,"这里应该是衣架。"

"那么,这间房里有没有能够轻易挪动的东西,比如说这里可能不是衣架,客人有可能将其他物品挪到了这里?"

"应该不会,这里距离床头最近,房间里也没有能够轻易搬动的东西。"老板肯定地说。

"那么,你店里的衣架都是同一种材质吗?是实木的吗?"

"全部都是同一种材质,小店小本经营,都是硬塑料材质的,立在地上可以挂衣帽和小包的那种。这房间里的,应该已经被大火烧掉了吧。"

"然而并没有烧尽,"张川俯身,从灰烬里取出一片烧焦的布片,"这是衣物!"

"有什么不妥吗?"老板问道,"衣架本来就是挂衣物的呀!"

张川摇了摇头,走出了旅社,再次走到黄龙湖的堤坝上。

"有什么不妥吗？这太不妥了，地上的灰烬，按照当时大火的情形来看，那断然不是只有一件衣物燃烧后留下的灰烬，而且，有含有聚酯纤维的碎布片。聚酯纤维材料抗菌、舒适，一般用作婴儿的尿片或者女性内衣，但它还有一个特点，那就是它具有阻燃耐火的特性，所以这些衣物并没有完全燃烧。女性内衣，难道……难道说，死者遇害时是脱掉衣服的……或者，她已经睡下了……难道，她是在没有察觉的状态下遇害的？可凶手又是如何进门的……这到底怎么回事？"张川想着，脑袋里掠过浮云似的碎片，怎么也拼凑不到一起。

此时的刑警二中队技术科门外，胡洋还在焦急地等待着。

黄龙湖畔，张川听到电话那头的胡洋说："我刚刚查看了案件取证报告，水果刀果然就是5·25案的凶器。法医说，水果刀与伤口吻合，并且水果刀上的血迹和死者血液对比后，血型一致，为了确保万无一失，还做了DNA比对，结果和我们想的一样，水果刀确实是5·25案的作案工具。"

张川听到胡洋深出了一口气，仿佛一下子轻松了，胡洋已经出了技术科。

"确定吗？可是似乎还有些疑点。"张川争辩道。

"现在要立马锁定嫌疑人，刻不容缓，现在我以公安局刑警的名义，请求你马上派人逮捕住在品如旅社的客人常遇春，他有可能就是5·25案的凶手。"

"不对，等等，这里面似乎还有什么问题，可是我一时间也说不上。"张川说，"不过就目前掌握的线索来说，常遇春的嫌疑最大。"

"那么，你是想给凶手以机会，继续放纵凶手吗？"胡洋逼问道。

"可是……"张川还是有些犹豫。

"张川，我觉得你应该理智一点，作为刑警，你应该比谁都了解时机的重要性。你难道忘了，类似的事件，发生得还少吗？"胡洋抛出了杀手锏。

张川猛然间手足无措，胡洋话中所指，发生在十年前，那次因为错失了抓获凶手的最佳时机，张川失去了自己最好的战友。

"那好吧，我立即遵照执行，现在看来，也确实再找不到更好的突破口了。"张川已是心力交瘁，那件事对他来说，始终是无法解开的心结。

张川在电话里部署了对常遇春的抓捕行动后，开车向中队走去，他有重要的事要向黎法医咨询。

张川赶到时，黎法医正在将验尸报告的副本存档，另有一份已经递交县局。

"我此次来，有个疑问想亲自与您交换一下意见。"张川的语气使他看上去异常严肃。

从黎法医皱着的眉头可以看出，他对张川的提问似乎感到从未有过的诧异。

"张警官，有什么疑问，请讲！"黎法医做了一个请坐的手势，让张川坐在他对面的椅子上。

"我想向您请教一个学术问题，就我们目前的鉴定方式来说，一般死者的死亡时间鉴定会不会出现误差？"张川郑重其事地说道。

## 第五章 时间

这是一个委婉的问法，黎法医从张川的话里已经觉出了张川对于5·25案验尸报告的疑问，他知道张川不便于直接说出口，但他了解张川的处事方式，张川断然不会毫无理由地提出一些刁难他人的问题。

"您所提的是一个比较大的问题，学术上因为鉴定依据的不同，对死亡时间的判断也确实有差别，但是就目前的鉴定技术来说，综合各种因素，尚不会出错。"黎法医说。说完这句话后，黎法医起身，为张川倒了一杯水。"张警官您是对5·25案死者的死亡时间有疑问对吧？"黎法医笑着说。

"什么都瞒不过您。"张川也笑了笑说。

"因为死者的身体已经烧焦，单单从尸僵的程度来判断死亡时间，确实不够准确，但我们另外还有依据。"黎法医说。

"愿闻其详。"张川喝下了一口水。

"首先经过与伤口的比对，水果刀与伤口吻合，仅此一点，便可以判断死者胸口的伤口就是水果刀留下的。然而，并不见得就是警员们所找到的那把水果刀，要知道世界上相同的水果刀可能有千万把。我们再次对水果刀上所残留的血迹和死者血型进行比对，比对结果：血型一致。为了进一步确认5·25案的凶器就是那把水果刀，我们做了DNA对比，这一次，总算有了较有说服力的依据，有了刀与伤口吻合，DNA一致，二者综合即可判断那把水果刀便是5·25案的凶器。"

"当然，这似乎只是说明了作案凶器，却并没有说明死亡时间。"稍稍的停顿后，黎法医也喝下一口水。

"但是，找到作案凶器对判断死亡时间至关重要。"黎法医继续说,"因为尸体和留在地上的血液都被大火炙烤,凝固的速度要快于常温,火势大小又很难预料,死亡时间的初次判断多少就会有误。"黎法医继续说,"然而,留在水果刀上的血迹却不会,它没有发现被炙烤的痕迹,也没有掺杂任何化学药剂,从水果刀上的血迹凝固程度,便可以判断出死者的死亡时间。"

"好厉害!"张川向黎法医竖了一个大拇指。

"张警官谬赞了,比起你们破大案来说,这只是雕虫小技。"黎法医笑着说。

"那么,准确的死亡时间又是什么时间呢?"张川问。

"通过凶器上血迹的凝固状态推算的死亡时间与那天晚上推算的死亡时间并无二致,依然是5月25日凌晨一点至一点半之间。"黎法医说。

"哦,是这样。"张川说着,心里却想着,这样一来,24日晚上陪王心玫进店的男子在晚上十点钟离开,就再也没有了作案时间,看来他的嫌疑可以排除了。

"那么,我还有一个问题想请教您。"张川继续说。

"您是想问中毒的事?"黎法医说。

"对,这件事我至今都还没弄明白,既然已经下毒,凶手为何还要杀害她?"张川皱着眉头问。

"这个,就得麻烦张大警官破解谜团了,我这里能够提供给您的,就是死者先是被毒害,然后左胸口中刀,因流血过多而死,最后又被大火焚尸的。"黎法医说。

"哦?"张川似乎还有疑问。

"简单地说,她致命的伤口是胸口的这一刀,割断了动脉,因为虽然不能从烧焦的尸体血液中准确判断出死亡时间，但是却能从骨头中判断出中毒时间，死者中毒时间早于中刀时间，而且以她所中的毒的种类和剂量来推算，刀伤是致命的，而她并非死于大火，原因在当晚已经查明，就是她的鼻腔并没有吸入烟尘。"

"她中的毒是硫酸！"张川仿佛自言自语道。

"对，硫酸，这听起来恶毒到令人发指。"黎法医说。

毒害、杀死、焚尸，是什么原因才会致使一个女孩遭到如此令人发指的侵害呢？

## 第六章　毒药

由于忙于破案，张川有段时间没有见到李云教授了。

第四天晚上，小陈打来电话，说嫌疑人常遇春现已在品如旅社被抓获，关押在西洲公安局看守所里。突审交给胡洋，张川终于可以抽点时间去见见李教授了。

夜幕已经降临，张川步入西洲一中时看到上晚自习的学生已经陆续离开校园，看来时间不早了，这时候去李教授那里，是不是有点唐突呢？可是没有时间了，张川不知道今天过后再想见李教授又是什么时候，想想上次见他也已经是一个月前的事了。

按响门铃后，李教授下楼开门。"想到可能是你，这个点了不会有学生来找我的。"李云的声音听上去还是那样清脆。

"近来可好？"张川坐在客厅沙发上说。

"老样子。喝点什么？"李教授问。

"晚上喝茶凉，来杯咖啡如何？"张川说。

"呵呵，怕你喝不惯。"虽然这样说着，李教授已经转身去冲咖啡了，"说实话，我晚上就喝这个。不过不是经常喝。"

"我尝尝！"张川笑着，看到了李教授正侍弄着那只精致的滤

## 第六章　毒药

泡式咖啡壶。

"最近有案子吗？有一个月没见你了。"

"是有案子，还是个棘手的案子。"张川说着指了指客厅的电视，"怎么，不看电视？"

"嗨，你知道的，我这电视，比我还安静，是个摆设，不常看的。"李教授说。四五分钟后，李教授将冲好的咖啡递到张川手边。

"我今天来呢，是想看看你这老头子的生活，顺便带了点吃的。还有我最近给你物色人选，已经有了眉目，改天你去看看。你这样总是一个人过着，我都挺担心的，找个伴吧。这是照片，比你小个七八岁，乡下人，没读过书，听人说，结过一次婚，没生过孩子。我想呢，如果可以，你们一起过吧，你考虑考虑，考虑好给我回电话，我安排你们见面。"张川一股脑地抛出一堆话。

李教授傻愣在那里："你个小屁孩，成天尽瞎操心！照片带走，吃的留下，晚上做实验饿了我就不去外面买东西了。"

"嗨，还以为你做实验废寝忘食呢！"张川声调婉转地说。

"怎么，人是铁饭是钢，一顿不吃饿得慌，你要忙就忙你的吧，工作生活压力太大你就往我这跑，准没错！"

"其实啊，现在我就遇到挺麻烦的事了，这两天发生的事让我感觉我之前所有的判断都是错的，这个案子实在是太古怪了。哦，还有个事想请教你！"

"什么事，说来听听。"

"现在遇到一个案子，下毒、刀杀、焚尸，凶手手段之残忍，实属罕见。我是想向你讨教一下，一个人服下二十毫升硫酸之后，能够活下来的概率有多大,或者说,会在多少个小时内死去?"

"这要看硫酸的浓度,如果是实验用浓硫酸的话,口服致死量是四毫升。二十毫升的话,自然活下来的概率等于零,正常成年人最多也只能维持五个小时的生命。即使送医院抢救,也要保证在半小时内,否则一定肠穿肚烂,整个人会被腐蚀而死。"

"哦,这样说来,如果错过了抢救时机,受害人必死无疑。"

"是啊,如果以硫酸作为毒药,那应该是世界上最恶毒的施毒者了吧?因为受害人将在接下来的几个小时内遭受人间地狱般的折磨。"李教授一字一顿地说。

"实在是令人发指。"张川说着,瞟了一眼墙上的挂钟,时候不早了。

张川离开李教授处并没有回家,而是直接去了公安局,晚上胡洋突审常遇春,他得去了解一下情况。

一进公安局,一股低沉的气氛仿佛令张川陷入一种无氧的环境中,同事们一个个都愁眉苦脸,一筹莫展,看来突审常遇春并不顺利。

胡洋正躺在沙发上,有气无力地抽着烟,他的脚下满是烟头,头发也乱蓬蓬的。

"怎么,不顺利?"张川问。

"妈的,真倒霉,茅坑里的石头又臭又硬,老子破了这么多年案,还头一回遇到死活不开口的,分明一哑巴嘛!"胡洋气愤地说。

"不开口,这不很正常吗?或许我们对这个人了解得还不够,不要泄气,一定能找到突破口的。"张川拍了拍胡洋的肩膀。

胡洋抬头看向张川:"怎么,张警官,站着说话不腰疼,这会儿回来是不是看我的笑话来了。怎么样，有什么高见，一起研究研究？"

"哪有什么高见，现在掌握的一手资料都在你手上。我是想啊，按照你的推论呢，如果从这条线上找到几个拐点，我想一定会有所突破的。不过，我想到的是，有可能我们手头掌握的证据还不够，还没有触到这个家伙的痛点，他才死活不开口，你说对不对？"

胡洋歪着头想了想说："有道理，你这样一说，我心里顺畅多了。"

"目前他是最大的嫌疑人，他必定也是这道题里的一个选项，无论最终的答案是选中还是排除。"张川说。

"那么，接下来，我们该怎么办？"

"这样，我们试着再从头捋一捋，看看有没有遗漏什么。"张川说。

"事情应该是这样的，王心玫住进夕月旅社，因为从二楼上三楼的楼梯靠近常遇春所住的205房间，他在楼梯口偶然看到了王心玫所带的贵重物品，心生歹心。他等到301房间只有一个人的时候，准备实施抢劫。这时候他想起旅社晚上是要锁门的，必须得给自己制造不在场证据，于是他打电话叫来了同伴，在他实施抢劫的凌晨一点钟，在同伴的配合下，故意制造了鼾声……"

"等等，这里面疑点还是太多，我觉得你还是应该听听我的看法。"张川说。

"好吧，你说。"胡洋叹了口气说。

"要怎么样制造鼾声，才能让204房间的人听到，却不影响到一楼客人的休息?"张川问,"如果万一,204房间的人因为听到鼾声而敲门制止,事情不就败露了吗?"

"这也正是我的疑点,我现在就想从常遇春嘴里知道,他是如何办到的。"胡洋说。

"且不说此后在实施抢劫的过程中,常遇春是如何叫开301房间的门的,当然或许因为天气太热,301房间的门本来就没上锁,但浓硫酸的气味相当刺鼻,常遇春是如何不动声色,让死者在没有反抗的情况下服下的呢?"

"对,这都是本案的疑点,但常遇春是目前最大的嫌疑人,只有他知道这一切究竟是怎么回事。"胡洋说。

"我觉得要弄清这一切,得从常遇春的犯罪动机开始,究竟王心玫带了什么贵重物品,才使得他萌生了杀意?无论破解王心玫被杀还是查明常遇春是否凶手,这堆黑色粉末,都是关键之中的关键。毕竟,从夕月旅社老板那里得知,他并没有看到王心玫带了什么东西上楼。"张川说。

"遗憾的是,那堆黑色粉末的取样正在鉴定之中,到目前为止尚没有结果。"胡洋耸了耸肩。

"还有个问题,常遇春原籍湖南,至今都没有交代他来南镇的目的,这也是个极大的疑点。"张川说。

"我曾大胆地猜测,常遇春可能跟死者认识,有可能是为了得到某件物品,尾随其来的南镇,这样,此案便是个有预谋的抢劫谋杀案。这样,也就不难解释王心玫会为他开门,因为他们之间原本就认识,但目前还缺乏有力的证据。"胡洋说。

胡洋的手机响了,是技术组打来的,电话那头说了句话,胡洋则一句话也没说，电话就挂了。

"是技术组打来的，黑色粉末的鉴定很不顺利，因为燃烧得过于充分，仅目前的取样尚鉴定不出是什么物质。技术组下一步决定增加取样，对粉末的成分做大数据采集比对。"胡洋将手机放在桌子上。

"我想，或许该请求湖南警方的协助，帮我们查一下常遇春的背景，这样有利于对他展开进一步审讯。"张川说。

"这个事我马上去办，请求县局协调湖南警方的帮助。"胡洋说。

"我恐怕得去一趟西凉医院。"张川说。

"和查明死者身份有关吗？"胡洋似乎已经猜到了什么。

"案发快一周了，尸体还没有人认领，本县各乡镇也没有人口失踪的报案，如果一周以后，还没有人认领尸体，那就只能在互联网和其他媒体发布认领消息了。没有消息，我觉得死者距离王心玫越来越近，按照常理，如果超过一定时间，尸体依然没人认领的话，死者身份的确定便是一个大概率事件，综合各种证据，就可以确定她就是王心玫。而家属认领，很显然只是一个必要的手续而已。"张川说。

"可是，如果死者就是王心玫，从老板那一查便能知晓她的身份，可为什么凶手还要大费周章制造火灾烧焦尸体呢？但如果死者不是王心玫，那王心玫又去哪儿了呢？真是令人百思不得其解。"胡洋说。

的确，真是令人百思不得其解。

## 第七章 转机

当然,张川去西凉医院还涉及调查当年的王书玫死亡事件,如果真如南镇牛家村村支书所言,王子尧的女儿王书玫早在五年前就已经离开,那为什么五年之后王子尧的女儿又以另外的身份出现了呢?他们和5·25案之间又有什么联系呢?

5·25案,恐怕没有那么简单,要解开这个谜题,现在只能去多年前为王心玫母亲看病的西凉医院走一遭了。

案件千头万绪,在去西凉医院的车上,张川突然想起了什么,他给正在中队值班的小陈打了个电话:"小陈,有个事情我们疏忽了,马上派人去发现凶器的玉米林附近查看,看都有哪些旅社,逐个查找一遍,调取所有案发当晚住店客人的信息。"

"老大,凶器找到的地方我去过,那四周就有四五家旅社,如果从那地方到夕月旅社连一条线的话,路途太过于遥远,少说也有二十家旅社,把5月24日至25日所有住店的客人信息找到,得有四五百人,是不是范围太大了?"小陈说。

"没想到有这么多,让我想一想。"张川略微沉默了半分钟,"这样,就在这条线上,把所有5月24日至25日客房住满的店锁定,

## 第七章 转机

然后再找出当时住店的人员的信息。"

"这样一来，范围应该小了些，但是您确定要这样做？"小陈的疑虑是有道理的，在刑侦这条路上，一旦方向有错，往往不仅浪费大量的人力物力，还会错失破案的最佳时机，"您是觉得凶手会在这些店里出现？这些店都距离找到凶器的玉米林不远，谁会愚蠢到将凶器从远处带来而丢在自己所住旅社的附近呢？不是，老大，我觉得您应该再考虑一下这个侦破方向。"

"我已经考虑过了，无论如何，这也是这道题的选项之一，它迟早是要被确定或者被排除的。"张川说。

"那么，范围能不能再缩小些？"小陈问。

"如果可能的话，可以先锁定24日那晚十点钟左右回到旅社的人为主要对象。"张川说。

张川对照着手上的那张诊断证明，找到了西凉医院的医生，张川想尽可能地获得更多的信息，于是他向高医生出示了证件。

高大夫说："出什么事了吗？我们有义务为患者保密，可是现在也要配合你们的调查，那么，我能知道这位患者出什么事了吗？"

"她没有出什么事，但是陪同她来看病的家人现在牵扯一件案子，我们希望您能够配合我们调查。"张川诚恳地说。

"哦，好的，警察同志，是这样的，这位患者我记得很清楚，两年前还住过一次院，当时已经查出输卵管癌晚期。我们建议她住院治疗，因为当时她的精神状态也不是太好，整个人处于长期的深度焦虑之中，因为这个原因，我对她印象深刻。然而最终，是她本人主动放弃了住院治疗。"高医生说。

"那么，在当时的情况来看，如果及时治疗，有没有完全康复的可能？"张川问。

"就目前国内的医疗水平来说，尚无法完全康复。最多也就是延缓癌细胞扩散，延缓病情。"高医生说。

"那么，您是否记得他们夫妻有没有说过去其他医院治疗的打算呢？"

"没有，他们当时没说。"高医生摇着头说。

"那么，据您所知，国内还有哪几家医院对于输卵管癌有较为突出的治疗效果呢？"张川继续打问道。

"这样的医院其实也比较分散，北京和广州等城市的几家医院可能更好一点。"高医生说，"不过，这也仅仅是我的个人看法。"

这么说来，要找到他们，无异于大海捞针。如果不是他们主动出来，仅凭警方的力量，恐怕有些难度，况且如今，他们在不在国内都未可知。

是该抛出那张网了，张川走出西凉医院时心想，这也许是此案唯一的突破口。

在回来的路上，张川接到小陈打来的电话，电话里说，自发现水果刀的地方至夕月旅社之间共有大小旅社二十一家，24日晚住满客人的旅社只有六家，这六家旅社当天共住宾客一百二十五人，而晚上十点钟，正是旅社人口流动量最大的时间，几乎所有人都在进进出出，所以无从排查。

"那么，这六家旅社，距离发现水果刀的地方最近的是哪家？"

"嗯，最近的是品如旅社。"小陈说。

"啊？品如旅社！"张川喊出了声，难道和常遇春搬出来后住的店只是巧合？还是说案发之后常遇春为了方便与他的同伙接头，而直接选择住在了品如旅社，可这，是不是太过于冒险了？张川的头脑中迅速闪过了几组画面。

"先从品如旅社查起，看5月24日晚上十点，进旅社的人有哪些。"张川说完，又继续道，"另外，立即安排一件事，在互联网上发布5·25案尸体认领公告，就目前来说，这两件事都刻不容缓。"张川基本上是以命令的口吻对小陈说的。

张川知道，在互联网上发布尸体认领公告，也是迫不得已，因为那样一来，这桩命案便成了公众事件，而且死者身份长达一周没有完全确认，社会舆论和上级的压力将无端增加，张川也曾权衡过个中利弊，可对他来说，为死者讨回说法，比个人的荣辱更重要。他迫不及待地想破案，他想看看到底是怎样的一个对手，为他设计了这样一个死局。而停尸房那具被烧焦的尸体，始终得有一个说法，那是死者最后的尊严。

当天晚上，西洲县刑警二中队关于5·25案尸体的认领公告已经占据了各大网站和其他媒体的头条，上级公安机关慌了，期间县局局长给张川打来一个电话，张川解释了案件的进展和依靠媒体发布认领公告的缘由，局长还是觉得张川欠考虑，不应该擅做主张在网络上发布认领公告，后来又有几个小领导陆陆续续地打来几个电话，张川都没有接。

张川回到公安局时，胡洋正对着一堆资料一筹莫展，看来审讯常遇春还是没有取得有效的进展。

"来，赶紧坐，我们一起来研究研究这堆资料。"胡洋泡上了一壶铁观音。

"你不想听听我去西凉有哪些收获？"张川说。

"能有什么收获，去医院无非是了解些杂乱病症。"胡洋笑着说。

"还真让你说中了，没有什么收获，有的全是病。"张川说出这话时，似乎有些无奈。

"我得知你安排小陈发布尸体认领公告的时候，就知道你在西凉碰了钉子，若不然，你断然不会走这一条路的。"胡洋看着张川似笑非笑地说。

"那么，你这边呢？有什么进展？"张川问。

"喏，你看！"胡洋用右手食指指了指桌上的一堆资料。

"这是什么？"张川问，并随手翻起了一本。

那是一本有关常遇春的户籍身份信息的传真，是由湖南警方提供的，传真上写明了常遇春今年三十七岁，已婚，家庭成员等情况，部分信息从他登记的旅馆已经获悉，似乎也没有什么疑点，张川将这份资料放在一边，又拿起另一份。

那是一份个人简历的复印件，上面记载了常遇春所从事的职业。原来他是一名厨师，他曾经师从湘菜名师，后来家道中落，曾经去广东一带摆过地摊，为小饭店做过主厨，后来因为家庭原因（父亲久病）再次返回湖南，在某高校食堂做厨师至今。个人简历是他现在所在的学校人事部门从档案中提出的复印本。

这似乎也没有什么疑点，他的个人简历里并没有与南镇有关的任何信息，可以说，他从没有到过南镇，他此次来南镇的目的，成

## 第七章 转机

了他最大的疑点。张川将资料放到一边，又随手拿起了另一本。

那是一本检验报告，黑色粉末的检验结果出来了。果然，通过收集更多的粉末样本，经过物质含量的大数据比对，终于检验出了结果。

当张川翻到检验报告的最后一页时，那检验结果栏里所填写的内容竟让他瞠目结舌，甚至感觉一阵眩晕。

黑色粉末的检验结果栏里赫然写着一个进口奶粉的名称。

这到底是怎么回事，张川瞪大了双眼看着胡洋，似乎对方的脸上有一种从未出现过的可疑物。

"怎么样，这个检验结果令人大跌眼镜吧！"胡洋苦笑道。

"确实如此。"张川将检验报告又翻了翻，随手放在了一边，他深深地叹了一口气。

"我实在想不出这里面有什么古怪，想破了脑袋都想不出。"胡洋苦恼地说。

"我想，是该审审这个人了！"张川说。

"没用的，他一句话都不说。"胡洋说。

张川闭上了眼睛，将头靠在沙发的背靠上，良久才说："也许，我可以试试。"

狭窄的审讯室里，一个炽热的白炽灯照着常遇春蓬乱的头发，张川在他正对面坐下。

"常遇春，抬起头来，看着这边。"副手小赵大声喊道。

常遇春始终低着头，一堆蓬乱的头发垂挂在眼前，看上去无精打采，又似乎无比隐忍。

"给他一杯水吧。"张川对小赵说。

水放在常遇春眼前的桌子上,但他始终未伸手去拿,此前小赵已为他解开了手铐,但脚镣还戴着。

"常遇春,我想问你几个问题,请你务必如实回答,我知道你进来就没打算急着出去,可是你远在湖南的父亲有可能等不及了。你是个孝子,你应该明白我的意思。如果你愿意配合,如果5·25案与你无关,那么我可以保证你毫发无损地回到你父亲身边,去照顾他。"张川一股脑说出了这些话。

但常遇春始终没有抬头。

"其实我非常愿意相信你没有杀人,5·25案的凶手另有其人。但是在你没有洗脱嫌疑之前,你可能得用更长的时间坐在这里,我不知道你究竟在等什么,你能给我说说吗?"

常遇春依然没有抬头。

"常遇春,我不知道你的沉默是因为什么,可能你有难言之隐,但警方总会查个水落石出。如果,我是说如果,我这时候立刻飞往湖南你的老家,告诉你的父亲和你的妻子,说你在西洲县南镇因为带了不明由来的进口奶粉而被怀疑杀人,你想一下,你父亲和你的妻子,将作何感想!"张川一字一顿地说出了这段话。

他看到常遇春缓缓地抬起了头,从一片杂乱的头发里,张川看到了那张泪水纵横的脸。

## 第八章　相片

　　一大早，公安局就接到了数十个咨询电话，了解了相关情况后，那些人又都说死者应该不是他们的家人。

　　对警察来说，简单的机械操作百无聊赖，但这样的百无聊赖，可能还要持续一段时间。

　　张川一宿没睡，早上爬起床刚洗了一把脸，小陈就敲开了他的房门。小陈拿着一本笔记本，那上面记载了十几个人的名字和个人信息。张川接到手里后，小陈说，品如旅社5月24日住店的有十七个人，除了老人孩子，从前台服务员处咨询并查找到在晚上十点左右回到旅社的有五个人，这个本子上他用红笔圈住的就是。

　　张川看了看这五个人的名字说："交户籍室，向上级打报告，因为涉及外地户籍的人员信息，这边没有权限查看，但是无论如何一定要把这五个人的信息弄到手。"

　　小陈应了一声"好"就转身出了房门。

　　等小陈将五人的详细信息交到张川手上时，已经是中午时分。张川看了看递来的资料，籍贯现住址学历以及本人照片都有，还算详尽。他叫了小陈，开车向夕月旅社走去。

"这么久了，我们是该再去见见夕月的老板了。"张川坐在车上说。车外的阳光似乎比往常更猛烈了，那时候街上行人很少，6月的天气，已经到了在家里待也不是，不待也不是的气温。

夕月旅社已有一周没有营业，这个季节正是旅游旺季，对旅店生意来说，这是致命的。可张川也知道，老板没得选择，命案一天不破，刑警队对那里的警戒一天不解除，夕月旅社就一天不能正常营业。

张川和小陈赶到时，老板正拭擦着他房间里的家具，这几天来，他唯一能做的也就这些了。

"打扰了，这次来是有件事找您确认。"张川说着，将五张照片依次排在茶几上，"您看看，这五个人中，您对他们哪个有印象？"

老板拿起第一张照片，端详片刻，又放下，再拿起第二张照片，依次将五张照片看完了，他摇摇头说："没有，没有一个有印象。"

"那这样，我提醒您一下，麻烦您仔细瞧瞧，看看这里面，有没有哪位是5月24日陪准备入住301房间的王心玫登记的人？"张川耐心地引导道。

"好像没有……"老板慢吞吞地说，他再次看看张川。那时候的张川正一脸严肃。

"这说错了可是会惹麻烦的，我不能十分肯定，我觉得没有，几乎没有一个人是那个人……张警官您也知道的，那天晚上陪王心玫登记入住的男子站在阴影里，我只看到了半张模糊的脸，他又没有登记，所以对他的长相也只有个大概的印象。"老板十分无奈地

## 第八章 相片

解释道。

"是这样啊。"虽然老板认为这五人中没有那晚陪王心玫订房的男子,但张川还是从老板的眼神和语气当中觉察出了一丝犹豫。

"十分抱歉给您造成了困扰。不过我想给您说明一件事,我们目前也只是在排查,仅仅是处于假设和猜想阶段,如果您怕因考虑不周,导致误认而承担什么法律责任,或是怕有人实施报复什么的,这大可不必,为提供线索的证人保密,也是我们的职责之一。"张川一字一顿地说。

老板看着张川的眼睛,使劲地点头。

"这样,我换一种问法,如果现在一定要在这五张照片中找出一个与5月24日那晚陪同王心玫登记入住的人,您认为是哪一个?"张川带着严肃的口气说。

老板长叹了一声,再次低下头,他拿起第四张照片,用手遮住了相片上的人的半边脸,他朝照片看了约莫有半分钟,又将那张照片放在桌子上。接着,他从第一张照片开始,一张一张地拿起,用手遮掉照片上的人的右脸,看完又放在桌上,五张照片都看完了。

他还是拿起第四张照片。

"如果非要找一个人的话,我想应该是他。"老板将照片交到张川的手上。

张川接过照片,看到了照片右下角那串汉字。一个名字浮出水面:杨富贵。

在回来的路上,小陈问张川:"老大,我非常纳闷,为什么非要在这五张照片里找出相似的那个人呢?"

"因为二代身份证是在最近几年才开始更换的,公安部网站上保留的一部分照片还是印发上一代身份证时所采集的,比如杨富贵,他目前所使用的还是一代身份证,采集照片的时间距今已快十年了。十年,他从一个少年变成了青年,容貌肯定会有变化。"张川说。

"哦,是这样。"小陈停顿了片刻又说:"我有个问题,我觉得老板可疑。"

"小陈,说说,你发现了什么。"张川说。

"老板说那晚他是十二点钟锁上楼门的,并且十点钟左右发现陪同王心玫登记的男子离开,不过这都是他的一面之词,并没有人能够证明。假如说因为他的一句话,而导致破案的方向错误,他这就是故布疑阵,那他就有可能是凶手或者至少是帮凶。"小陈肯定地说道。

"小陈你说的也并不是完全没有道理,"张川笑着说,"最近发现你还是蛮有长进的嘛。"

"老大您就别取笑我了,我知道我又猜错了,但我就是不能理解。"小陈摇着头说。

"有三点,其一是杀人动机,就目前来看,最大的可能是谋财害命,但是老板完全没有必要在自己的旅社杀人。在自己的旅社杀人,警方首先怀疑的就是他,即便是再低智商的罪犯,不选择逃离而将自己暴露给警方,是没有道理的。其二是他声称他在晚上十二点锁上了楼门,那么如果他是想告诉警方,凶手就在楼内的话,在玉米地找到的水果刀岂不让他的谎言不攻自破。其三是,如果他是凶手,他就会竭力摆脱自己的嫌疑,那么指认这五张照片,就不可能小心翼翼,战战兢兢。经过我的一再逼问,他反复确认,才找到了杨富贵这个人，我从他眼神里看出，他没有佯装。"

"这样说来，确实有道理，可是也并不能证明他说的看到那名男子离开和锁上楼门的时间就是准确的。"小陈说。

"如果他的嫌疑排除了，他自然没有撒谎的必要，如果他撒了谎，也至少能够确认他就是帮凶，这是一个非此即彼的判断题。"张川说。

"对，就是这个问题困扰着我。"小陈开车在山道上转弯，说道。

"这个问题已经解决了，因为当晚，还有一个人看到了陪王心玫的那个男人离开，时间就是十点钟左右。当然，他也没有看到王心玫带什么贵重物品。"张川说。

"哦，您说的是常遇春，他说他见到了那位正准备离开的男子，这个是在您审讯的时候常遇春供出的，可是您说王心玫没有带贵重物品，又是怎么判断的呢？"小陈的疑惑似乎无穷无尽。

"因为，一个带着贵重物品的女人，是断然不可能在一个陌生的旅社，并且在一个人住店的情况下，脱光了衣服睡觉的。"

出乎小陈的意料，张川的说法让小陈瞠目结舌。

"这么说来，你早就知道夕月旅社的老板不是凶手，怪不得一开始就没有怀疑他。"小陈赞叹道。

"也不是一开始，是从我发现301房间床头燃烧后的一堆灰烬和布片的时候，我才消除了对老板的怀疑。"

"是这样。"

"相信胡洋也早消除了对夕月老板的怀疑，只不过我们破案，有时候先要圈定一个较大的范围，这样才能收集足够多的证据，而如果一开始就盯着老板，往往一叶障目不见泰山。"张川说。

"那么接下来，我们是要将目光锁定今天找到的杨富贵了，对吧？"说着这话的时候，小陈已经将车开到了公安局门口。

"杨富贵的户籍在本县，我们目前有两件事，一是去查查案发当天随杨富贵入住品如旅社的还有没有其他人。另一件事，立即安排对杨富贵户籍家庭情况的调查。"张川斩钉截铁地说。

然而，尚有一件事，依然不能令张川的眉头有丝毫的舒展。

案发已经过去一周，网上的认领公告也发出两天了，那个期待中的情景却还没有出现。

## 第九章　起夜

自从对常遇春案件进行审理以后，胡洋的身影在公安局不怎么出现了，但没有人知道，在他的心里，有着怎样的挫败感。

在胡洋的心里，他怎么也忘不掉那天晚上张川审讯常遇春的情景。

当张川以孩子为由说要告诉远在湖南的常遇春父亲和妻子常遇春涉案的事实时，常遇春缓缓地抬起头，他一头蓬乱的头发里藏着的一双幽暗的眼睛闪烁着泪光，身体开始颤抖。

常遇春的牙关咯噔咯噔响起来："求求你，求求你，不要告诉我的父亲，也不要告诉我的妻子……"

"那就得看你的表现了，如果你愿意配合的话，我们自然会考虑尽量为你保守这个秘密。"张川抓住了这千载难逢的转机，他知道常遇春那张铁嘴终于松动了。

"好……好……"常遇春带着哭腔说。

"好，你冷静冷静，想清楚，慢慢说。"张川给常遇春递去一杯水。

"我是一名厨子，前些年在老家开了家饭店，但是饭店生意惨淡,加上我母亲去世早,父亲有病在身,生活一度很艰难。父亲年轻时候为了养活我们兄妹仨,去了新疆工地挂大理石,没想到在一个冬天,他从五楼的钢架上摔了下来,摔断了腿,落下了终身残疾。

"我十多岁就随了乡里最有名的师傅学湘菜,那时候学艺只需要在乡里乡亲的红白喜事当中给师傅帮帮厨,也不需要缴学费,这样勉强生活下来,而且还学了点手艺。父亲被送回来那一年,我也出师了,原是想和师傅一样在乡里的红白喜事当中做大厨,混口饭吃,可一来父亲要做手术,需要高额的手术费;另一方面,红白喜事是看天吃饭,加之老一代大厨们各有各的地盘,新人很难入行。后来我决定在镇上开馆子。

"我开馆子的想法并没有得到师傅的支持,师傅说镇子小,人流量不大,开馆子没有出路的。可我真的想不出别的法子了,我那时候就一门心思地想靠自己的手艺,为父亲赚一点医药费。师傅最终没能拦住我,反倒是为我垫付了半年的房租,我就在镇子上开起了小馆子。

"正如师傅所言,镇子上小饭馆的生意确实惨淡,几个月过去了,我一分钱也没赚到,反倒是欠了一屁股债。眼看父亲的病情在加重,做手术耽搁不得,我只得背了父亲去广州打工。

"在广州,我一边在饭店帮厨,一边照顾生病的父亲,几个月东拼西凑,为父亲付了一半的医药费,在医院做了手术,父亲的病暂时得到了缓解,于是我也就在广州稳定下来。三年后,老板觉得我人不错,就让我做了饭店的主厨,这一路走来,确实吃了不少苦头,但总算熬得差不多了。可是就在大前年的秋天,父亲的病再次加重，自南下广州，父亲常年的风湿也愈加严重。迫不得已，我四处打听老家这边的情况，想着有一日能够返回去，找一份收入稳定的工作，来照顾父亲。

"终于在老家亲戚的帮助下，打听到湖南这边的一所大学食堂急需几名厨师，专做湘菜，要手艺过得去的。我瞒着父亲偷偷回了一次老家去了大学应聘，没料到居然被录用了，后来我就又带父亲返回了湖南，一直在学校食堂做厨师至今。"

常遇春一口气说出这些话时，张川心想这个人心上背负的往事的确过于沉重，难怪他可以在警方多次的审讯下不发一言。然而，他刚刚述说的一切恐怕并不是常遇春生命里最沉重的部分。

"能给我一支烟吗？"常遇春说。

张川点了一支烟，递给了常遇春。

他继续说："三年前，在老家亲戚的托说下，我结了婚。女方是一个农村姑娘，和我一样是个普通人，她人长得还行，在家里也勤恳，平时我去上班的时候，是她照顾着卧床不起的父亲。然而，遗憾的是，结婚两年，我们一直没有孩子，终于，我提出我们去做个检查的要求。

"我和她瞒着父亲一连去了几所医院做检查，那时候我们总怕一所医院检查得不准，可是一连三家医院检查的结果都一样，我的身体状况无恙，我的妻子她，由于少女时候干过体力活，得了永久性不育症。

"看到检验结果的时候，我仿佛受到了这一生最沉重的打击。

"我几天不吃不喝，对妻子不理不睬，甚至白天晚上都不回家，下班后和同事喝酒，晚上又在学校的住房留宿。妻子看出了我心里的沉闷,后来我才知道她心里所承受的苦痛要比我多得多。直到有一天晚上,她来学校找到了我,对我说:'我们离婚吧!'那一刻,我头脑里晕乎乎的,不知道该怎么办。我对她吼道:'离就离!我巴不得离呢,女人不生娃,不如一片麻!一片破麻,谁稀罕!'

"我那时候喝了酒,说话没轻没重的,但说完后我就后悔了。我看到她离开了,她的背影那么单薄,她比三年前嫁入我家时消瘦得多了。那天晚上,我用拳头敲打自己的脑袋,我真浑蛋透顶,让一个女人为家庭背负了那么多,到头来自己却对她是这样的态度,我枉为男人。那天晚上我喝了很多酒,待第二天我跑回家时,我以为妻子她会离开,可是她没有,她说她要等我回来,家里没有人,她不放心把爸爸一个人丢在家里。

"她说以后要记得按时给爸爸煎药,还有她离开后,希望我能够过得好一些,不要一个人的时候总喝酒……

"中午,在民政局,我和她在离婚协议上签了字。协议上写得很清楚,她什么也没有要。我看着她回家收拾了几件衣物,在中午泛白的日光里,向老家的山里走去。

"因为工作的原因,我每天只在固定的时间回家。父亲的起居比较随意,一个接近半瘫的人,随时都得有人照顾着。我不在父亲身边,他身体偶发的任何状况都令我时时担心,在试着照顾了两天后,我考虑找一个保姆。就在第三天我正准备去家政公司找一位保姆时,她出现了。

"妻子又回来了,不,严格地说,那时候,她已是我的前妻。她告诉我,她是来照顾父亲的,她说没有任何一个保姆能比她更了解父亲的病情，没有人照顾得有她好，她说如果可以，就让她来做保姆吧。

"每天我去上班时，她准时来我家照顾我父亲，我下班后，她又从我家离开。就这样，她成了我家的保姆，多数时候，我们在门口相遇，我出她进，或者她出我进，我们会彼此点一下头。我们形同陌路。

"那是一段苦痛的经历。我知道，但正如我的父亲所言，不孝有三无后为大。我知道，我和她的婚姻已无可挽回，可为什么在无数个日子里，我还是觉得深深地疼痛呢。

"我和她相安无事地过了一年，渐渐地，我心里的愧疚慢慢地消失了，同事们也都知道了我离婚的事，也时不时地让我再处一个女朋友。那时候的大学校园里，到处是出双人对的鸳鸯，女孩子一个个打扮得花枝招展，妖艳动人。学校食堂后面，院墙外的民房出租屋里，听说都是男女学生租的房子。也是我花了眼，在离婚一年后，鬼迷心窍般和学校里一个即将毕业的女大学生混在了一起，后来我们还同居了。

"我回家的次数越来越少，我知道，即便我不回家，那个人也会照顾好父亲，我们之间，越来越接近雇主与保姆的实质。我甚至想，只要我每个月发给她工资，她就会代我照顾好父亲，甚至比我亲自照顾还要无微不至。

"女大学生毕业以后分配回原籍，没过多久就同一个大她近二十岁的男人结婚了。听说那男人很有钱，而她也是一个极其不负责任的人，无论是对自己还是对别人，她辜负了我对她的感情，但我却被她深深地迷住了，不能自拔。她在与那男人结婚以后，还和我偷偷地见过几次面。

"直到有一天，那个女人发来短信说，她怀了我的孩子。我彻底蒙了，心里既惊喜又害怕，开始在兴奋与恐惧中失眠。直到她说她准备把孩子生下，她知道在我的心里有一个自己的孩子是多么重要，以后等孩子长大了，也会争取继承老头子的家产。

"几个月后，她顺利地生下了一个男婴，给我发来了照片，我看到那个孩子时惊呆了，他的样子和我小时候几乎一模一样。我心里咯噔一响，我不知道我即将要面临什么样的变化，但我终于可以告诉父亲，我再也不会因为无后而不孝了。

"从那以后，我每天比以往起得更早，我将我手头的工作努力做好，我想在工资之外赚取更多的奖金。而在工作之余，我总是在打听着婴儿的必需品，尤其是奶粉。听同事说，好多国产奶粉不靠谱，我就四处打听进口奶粉。那些高档的奶粉，一盒就要花去我半个月的工资，可是一想到已经出生的儿子，自己却尽不到做父亲的责任时，我是多么懊悔，我打定主意，即便是把所有的钱都花光，也要买上最好的奶粉。我把所有的积蓄都拿出来，给孩子买了差不多够他用一年的进口奶粉，我背上那一袋奶粉，乘坐火车，踏上了去往远方的路。

"这就是我来南镇的原因。可惜了，天不遂人愿，我那一袋进口奶粉，差不多花去了我一年积蓄的奶粉，就葬身在了夕月旅社的那场大火中。老天真是不公平啊，连我这样一个生如蝼蚁的人都不放过，你说这世上还有天理吗？

"接下来的事情，你们都知道了，我现在将一切都坦白，我只想换你们为我保守秘密，别把这件事情公布出去。如果公布出去，

## 第九章 起夜

我的孩子和他妈妈都会受到牵连,也别告诉远在湖南的我的父亲和我的前妻,因为我无颜面对他们。"

"好吧,我向你保证。"张川望着眼前的这个人,内心翻滚着难以表述的复杂情绪。

"不过,我们还有几个问题想问你,你要如实回答。"张川说着,翻开了眼前的一个笔记本,"据夕月旅社的老板说,5月24日晚上你登记入住时,并没有带行李,而你在此前也极力争辩说自己没有带行李,那么,205房间沙发前端那一堆黑色粉末又作何解释?"

"205房间的黑色粉末就是我带给孩子的进口奶粉,我刚说过了,它们已全部葬身大火。我向你们撒了谎,我确实带了行李,行李也就是这些奶粉,但夕月旅社老板所说的也是实话。"常遇春缓慢地说,"我登记时确实没有带包裹,那一大包奶粉太过显眼,你知道的,南镇不大,我的孩子和他的妈妈就住在黄龙湖附近,为了避免不必要的麻烦,我带奶粉的事知道的人越少越好。那晚上,我把它藏在了旅社住宿楼的背后,可是一到晚上,我又担心野猫野狗偷吃,就又用带钩的绳子将它们一袋袋从房间背面的窗户钩上来,放在了沙发一端。心理作用,我为了保证安全,自然而然地也就睡在了沙发上。"

"那么,你有没有想过,这么多奶粉交给你孩子的妈妈,就不会引起其他人的怀疑吗?"

"她说她会放在外面的私人商铺,用多少取多少。说实话,我也没有多想。"

"哦,是这样。还有一个问题,当晚204房间的客人说你晚上的鼾声很大,可是当胡洋警官去你新的住处,当时你说你在睡觉,可他并没有听到你的鼾声，这又作何解释？当时是你没有睡觉，你又对汪警官撒谎了吗？"张川说。

"没有，我没有撒谎，因为我有鼻炎，晚上睡觉确实鼾声如雷，204房间客人说得没错。我也没有骗汪警官，那天我确实在睡觉，只不过，我白天睡觉不打鼾，只有在晚上，才有如雷般的鼾声。这是我身体的原因，你们可以从医院开的诊断证明和我的同事那里了解到。"常遇春点着头说。

"原来如此。"张川向胡洋那边看了一眼。

"那么，你在入住夕月旅社的晚上，有没有见过有人离开旅社？"张川继续追问。

"嗯……有看到，那时候大概十点钟吧，我去隔壁的公厕解手，差一点跟那人撞个正着。那人急匆匆地下楼了，似乎还喝过酒，空气中有一股酒气。"常遇春说。

"那么，你有没有看到那人的脸和身形？"张川问。

"当时楼道很黑，他的身形和你差不多，脸嘛，我只看到个轮廓。"常遇春说着，并看到坐在张川一旁的小赵飞快地记录着。

"那么，我能不能向你问一个题外话，当然，这个问题不涉及案情，你可以选择不回答。"张川放下了手中的笔记本说道。

"请讲，张警官。"常遇春抬起头看着张川说。

"好。我想知道，现在你也有了孩子，可是你对你的前妻有愧吗？"

一段沉默。那是比漆黑的审讯室更加漆黑的一段长久的沉默。

# 第十章 浮现

常遇春被放回了品如旅社。警方经过与湖南某医院的联系,取得了有关他间歇性鼻炎的诊断证明,确认常遇春在白天轻度睡眠时不会有鼾声,而一到晚上睡觉时,尤其是深度睡眠后,他往往鼾声如雷。另外一个事实是,通过与校方的联系,湖南警方在常遇春单位的宿舍里找到了他大量购买进口奶粉的票据。西洲县公安局认为常遇春所供认属实,遂将其释放,令其返回品如旅社随时待命,以协助警方查案。

张川知道,虽然常遇春的嫌疑已经基本排除,但是现在他还是此案的证人。从夕月旅社确认了五张照片的身份后,张川自然想到了常遇春受审讯时说的话。张川带了五张照片,又开车去了品如旅社。

虽然常遇春深知自己已经被排除嫌疑,但他的气色看上去依然很差。张川对这个人的过往实在是下不了一个准确的结论,他心想,世人原本就都活在矛盾中。

五张照片依次在桌上排开。"不好意思,又要打扰你了,"张川说,"这五张照片中,还请你仔细看看,是否有5月24日晚上十点钟从夕月旅社离开的那位男子？"

"我想我记得很清楚，但是确实我也只是看到了轮廓，不过看上去似乎这张更像一些。"常遇春对五张照片看了一眼后，直接从中取出了一张。

"还请你仔细瞧瞧。"张川说道。

常遇春用手将相片上的人的右半边脸遮住，端详片刻，把相片递到张川手上："应该就是他，不过照片上的人看起来要比他本人年轻一些，那人脸型要比照片上略微瘦一些。"

"你当时看到了他的半边脸？"张川问。

"是的，因为另一半被遮在黑暗中，我记得他的脸在黑暗中一晃，看上去很警惕，然后他就匆匆下了楼。不过他身上的酒气倒是留在了楼道里，我想他应该喝了不少酒。"常遇春说。

从没有哪次确认疑犯这样有戏剧性，居然连脸部都是半边半边确认的。巧的是，夕月老板和常遇春分别记住了这个人的左、右半边脸，这张脸被拼全了。张川心里想着，显然，常遇春要比老板确认得更快一点，也更肯定一点，也许是他们打了照面的缘故，也许，常遇春并没有老板那样作为一个生意人怕确认错了又给自己惹上麻烦的谨慎。但无论如何，他们俩确认的是同一个人，这个人就是那位神秘的杨富贵。

一些选项被排除，同时另一些选项渐渐地清晰起来，张川在离开品如旅社时想。

张川回到中队，小陈已经在他的办公室门口等着，手里拿了厚厚一沓资料。

"进门说。"张川将小陈请进门。小陈进门，旋即将资料都放在张川的办公桌上。

"已经查明，杨富贵是西洲县北镇杨家村人，从户籍室提取的资料上显示，他家就他一个人，属于单人单户。按他二十六岁的年龄，不应该是这样的，所以我又命人查询了他的户籍记录，没想到确实有发现。"小陈说着，突然停顿了一下。

"什么发现，别卖关子了，快说！"张川为小陈倒了一杯水，并示意他坐在沙发上说。小陈似乎记得在张组长这儿从没有过这样的待遇，这也许是第一回，也许也是最后一回，所以他要狠狠地卖弄一番。

"经过查询杨富贵的户籍异动记录，户籍室发现他的户口原在一个叫杨高成的户主下面，他是杨高成的长子，但是后来杨高成主动去派出所提出分户，杨富贵被分成了单人单户。按常理不应该是这样的，因为当时杨富贵还没有成家，虽然年龄上已经成年，但是按照当地的习俗，没有成家是很少有被分户的。"小陈喝了一口水，又做了稍稍的停顿。

"于是，我们去了北镇派出所户籍室，并去杨家村找到了杨高成，这才了解到一些事情的真相：原来杨富贵三岁时就因为车祸失去了双亲，被他的叔父杨高成收养，所以最早他的户籍里与杨高成是父子关系，但实际上杨高成不是他的亲生父亲。杨富贵高中毕业以后就出了远门打工，听说那时候高考刚过，他没有等到发榜，就瞒着他的家人，没有给杨高成夫妇说一声就走了，这一出去就是五年，杳无音信。后来公安局的人到他们家，说杨富贵在外地犯事，公安局正在四处找他，他的家人这才知道，杨富贵在外地不学好。从那以后，他名义上的父亲杨高成就将他单独分户，再不愿意承认家里有这么一个人了。"小陈说完后,将杯子里的水喝光了。

"那么,杨富贵在外地到底犯了什么事呢?他会不会是一个惯犯?"张川猜测着向小陈询问。

"目前还不知道,正在进一步调查当中,我们也做了努力,但在公安系统的档案里,并没有查询到杨富贵的犯罪记录。这件事恐怕还得外地公安部门协助才行。"小陈有所疑虑地说。

张川低下头略微沉默,半刻钟后他抬起头,看着小陈说:"那么,那次高考,杨富贵到底有没有被高校录取?"

"没有,他落榜了。哦,对了,这也是一个比较奇怪的事件。"小陈又有所疑虑地说。

"有什么奇怪?"

"听杨高成说,杨富贵在学校的时候学习成绩是相当优异的,他们对他考大学抱着很大的希望,这个我们也从给杨富贵带过课的老师那里了解了些,杨富贵确实是班级里成绩前三的学生。按道理说,即便他料到自己高考成绩不理想,料到自己会落榜,也不会就此放弃,如果他在高三再补习一年的话,那他一定可以考一所理想大学,他的班主任就是这样说的,可奇怪的是,他放弃了。"小陈挠着后脑勺上一撮乱蓬蓬的头发,看来他也有几个晚上没有睡好觉,长期奔波怕是连澡也很少洗了。

"他的家人放弃了他,也许与他曾经为家庭带来了太多的幻想,没有上成大学却又不辞而别有关。也许他的家人也没有料到,几年以后他竟然会变成犯罪嫌疑人,家人不能接受吧!"张川分析道。当一个人对另外一个人的期望过高,而结果落差太大时,往往不能接受事实,况且面对的这个人已经到了濒临犯罪的程度。

## 第十章 浮现

"有可能，因为我们也听说了当时杨高成的家教很严。"小陈说。

"那么，杨富贵的离家出走有没有可能是家庭原因导致的呢？"张川进一步展开了分析。

"不知道，或许我们有必要对杨高成做进一步的谈话，老大您看，有没有必要这时候安排下去，或者您是否要亲自出马，去拜访一下杨高成？"

"不了，这件事暂缓。我想，现在我们还有一件事要马上去办，也就是杨富贵的下落，刚刚进中队的时候，我听有些同事在偷偷议论，杨富贵找不到了是吧？"张川略有疑虑地说。

"是的，自从5月25日之后，凡是认识杨富贵的人都说再没有见过他，我们也走访了杨家村，村子上凡是有可能认识杨富贵的人，也都说没有见过他。而且，是从他离家出走那年起，村子上就没有人见过他。"小陈说。

"那就奇怪了，即便之后他回来，也不可能不去找认识的人啊？"张川怀疑道，"那么，当晚住品如旅社的，还有他的同伴吗？"

"哦，对了，这个已经查明，当晚杨富贵住的是一个单间，听前台服务员说，他登记入住比较晚，当时只剩了一个单间，就留给他了。"小陈说。

"那服务员有没有说，跟杨富贵一起来的还有一个女人？"

"我们询问了前台，不过他们说，登记入住的时候，正是晚上六点，一楼餐厅也开饭了，乱哄哄的，所以没有看清。后来我们调取了旅社监控，因为那时人流动性大，也没发现什么可疑人。"

难道案子再次陷入死角了吗？张川心想，如果杨富贵找不到，我们的一切侦查终究只是水中捞月，无的放矢。

这时候，张川办公桌上的电话响了，他接起来，听了一下，随即又挂了。

张川开始穿外套："小陈，一起去看看，有人认领尸体。"

## 第十一章　斗笠

认领尸体的是一个中年人,他在警员小赵的陪同下走进了停尸间,5·25案死者的尸体已经在冷柜中保存了一周多时间,当停尸间的工作人员拉开冷柜的时候,柜子里的冷气刹那间氤氲在房间的上空。中年人上前认领尸体,张川看到中年人眉梢上浮着一层霜白,自己不禁打了个寒战,毕竟是6月的天气了,这停尸间与外面的差别简直犹如寒冬与酷暑。

中年人围着停放尸体的长桌转了一圈,然后走到小赵跟前,点点头说,是他的堂侄女,名叫王心玫,因为他们家半年多没有人,只能由他负责将侄女带回家安葬。

小赵刚要说话,却看到张川向他轻轻摇了摇头,他便没有再说话。张川也知道,没有特殊原因,按照规定,尸体只能由其直系亲属来认领,旁人是无权认领尸体的。

被烧得乌黑的王心玫的尸体被送上车,中年人在认领手册上签完字后,站在张川一旁的小陈闪烁着眼睛说:"终于被领走了,这下王心玫的身份被确认了,算起来已经有十天了,真不知道如果一直停放下去会是什么结果。"

"我们这是中队,你应该知道的,重案组的停尸房里有长达数月乃至半年以上的尸体,我们是警察,倒无所谓。平常人只要想想,晚上都绕开那地儿。"张川说。

中年人已经签完字,跳上了那辆载有王心玫尸体的面包车。这时候张川突然对小陈低声说:"你调两个人盯着这辆车,看他要将尸体运往何处。给你车钥匙,开我的车,不要开队里的车。"

小陈看了看张川的眼睛,点点头,然后向警务室的两名警员招了招手,就去了停车场。半分钟后,那辆面包车驶出了中队,张川看到自己的车也从不远处跟了出去。

张川返回警务室,穿过大厅,去了一趟队长办公室,五分钟后他又从队长办公室走出来,他向队长汇报了案件的进展。张川出警务室门时看到胡洋正风尘仆仆地赶来。

"怎么样,案件进展如何?"胡洋问。

"老样子,似乎进入了胶着状态,怎么样?有几天没见你了,在忙什么?"张川反问道。

"我飞了一趟湖南,刚回来。"胡洋低头说。

"哦,这倒是没想到啊。"张川笑着说。

"我去看了看常遇春的父亲,他最近身体状况不是很好,我这回来,是想跟你商量个事。"胡洋说。

"哦,他的病……"张川欲言又止。

"我刚才在回来的路上,听说尸体已经被认领,死者被确认是王心玫是吧?"胡洋说。

"是的,尸体已经被认领。"张川说。

"我是想替常遇春申请早日解禁,返回湖南,他父亲需要他。

## 第十一章 斗笠

况且尸体已被认领,他现在的嫌疑已经排除,他没有法律上的义务继续留在品如旅社,尽管他依然有义务为警方提供线索……"

"我想也是,现在所有夕月旅社5月24日住宿的客人都没有了被限制人身自由的理由,之前所说的暂时不离开南镇的约定已经到期。十天了,是该让他们回去了,"张川说,"其实就在刚才,我已经向队长打了申请,他也同意了。"

"那实在是太好了,省得我再去一趟。那么接下来,我们似乎又要进行一场爬山比赛了,虽然看起来我落后了一点点,但我们都还没有抵达终点,不是吗?"胡洋望向张川的眼睛深邃而有力。

张川突然佩服起眼前的这个人了,这一次,是由衷的。"是的,我们都还没有抵达终点。"

天空的阳光再次破开一大片白云,照在了两个年轻人身上,中队门口的路面上,两个影子交叠在一起。

看着胡洋开车离开,张川觉得自己肩膀上的担子似乎轻了些。

听到铃声时他从衣兜中掏出手机,电话是小陈打来的。

"我们看到那辆面包车上了南岭高速,并没有朝牛家村的方向开去。"小陈在电话里说。

"继续跟踪,有什么动向立即打电话给我。"张川说。

大约半小时以后,小陈又打来电话:"面包车下了高速,进入县城……"

"县城人杂,跟紧一点,别跟丢了。"张川说。

过了大概有十分钟,小陈又打来电话:"面包车停在一家白事纸货铺门前,向车里装了些纸货……"

"纸货都是些什么?"

"比较简单,一个花圈,香蜡纸和两盘鞭炮。"小陈说。

"都是中年人装的吗?"张川问。

"是他跟司机两个人装的,现在车走公路,向南镇牛家村方向开去。"小陈说。

"继续跟进,有异常立即向我报告。"张川说。

这时候的张川似乎有点后悔,跟踪那辆面包车的差事应该由他亲自去,就不会这样被动,以至于鞭长莫及。

又过了大约四十分钟,张川接到小陈电话:"面包车停在了牛家村的对面坡,一块坟地的边上,我们在不远处也下了车,这会儿藏在坟地边的树林里。面包车一直没有离开我们的视线,看起来坟地里已经挖好了一座坟坑,边上放着一口棺材……看来他们是要将王心玫安葬,现在在等时辰。"

"周围有什么异常吗?坟地里可有其他人?"张川追问道。

"没有其他人,就中年人和司机两个人,他们刚刚把王心玫的尸体从车里抬下来,已经入殓,这时候正在向棺盖上钉钉子呢。"小陈回答。

张川感觉不对劲,但又说不上。他回到办公室,在桌子上铺开一张纸,来回地画了几条线,他看着这几条线,整个人进入了一种呆滞的状态。

下午六点钟,小陈再次打来电话说:"他们已经将王心玫葬下,烧掉了花圈,鞭炮也放了。车返回路经牛家村时,中年人下车回了家,面包车则原路返回,朝县城方向开去。弟兄们现在都已经饿了,请问我们还要跟踪面包车吗?"

"你们记下了中年人的家门了吗?"张川问。

## 第十一章 斗笠

"记下了,和他在中队认领尸体时所提供的户籍证明上的家庭住址一致。"小陈说。

电话没有挂,小陈还等着他的回话,张川却不知该说什么好,他一屁股坐在沙发上,心想难道自己猜错了?他又站起身,来回地在那张图纸上画了两条线,这一次他确认自己失算了。他对小陈说:"没什么事了,你们辛苦了,一整天都没有吃饭是吧?"

"是啊,弟兄们一天没吃东西了,前面那辆面包车在高速服务区加油时,还去吃了点东西,我们一整天都饿着。"

"那好,看来是我想错了,你们就近吃点东西,回来吧。"张川说完,挂了电话。

小陈他们在距离县城不远的地方下车吃饭,准备吃完饭直接折道返回中队。他们刚在饭店坐定,准备点菜时,张川的电话打来了。

"错了,全错了,面包车现在走出多远了?不,无论走出多远,你们立即出发,一定要找到它,跟紧它,那辆车上有重要线索……"

小陈找到那辆车并跟踪进入县城郊区的城中村时,已是晚上八点一刻,他看到那辆面包车停在了城中村的一棵大槐树下,车停下后司机并没有下车,后车厢门突然开了,跳下来一个戴着斗笠的人,那人竖起衣领,穿着风衣,只一转身,就转到车旁边的那棵大树后,身影一闪便消失在了那座院落里。小陈和同行的警员看到这一幕,瞬间惊呆了。

"现在你们就在原地别动,给我死死地盯住院子,一只鸟也不能放过,我立刻派人增援你们,对院子实施24小时监控。"张川在电话里说。

部署了对那座院子的监控后,小陈和白天一起跟踪的同事才得以换岗吃饭。

小陈是晚上十一点赶回中队的,他还是不能理解为什么车上会无端地跳下来一个人,白天在中队往车上搬运尸体时,他们明明看到车里面就只有司机和那个认领尸体的中年人,晚上从车上跳下的那个人又是从哪儿来的呢?

"那辆面包车一直没有离开我们的视线,难道是我们在县城郊区准备吃饭的那会儿,那个陌生人上了面包车的?"小陈向张川问。

"不会的,绝没有这个可能,在面包车离开你们视线的那段时间,也就是你们下车准备吃饭的那段时间,那辆车并没有停,也没有什么人上车。"张川分析说。

"那就奇怪了,中午在中队门口的时候我们明明看到车里就中年人和司机两个人的呀,中年人在牛家村回了家,车里下来的那人,他是如何上车的呢?"

"他是那辆面包车在高速公路服务区加油的时候上车的。当时你们的视线全部被进入服务区吃饭的司机和中年人所吸引,所以没有看到,"张川皱着眉头说,"这也是他们上高速的唯一理由。"

"这么说来,他早已料到警察会跟踪?"

"这个完全可以肯定。"张川说。

"那么,您是怎么想到的?"小陈问。

"他们行走的路线让我起疑,从中队到县城他们走了高速,但他们从县城返回南镇牛家村却没有上高速,按理说,那段路要比中

## 第十一章 斗笠

队到县城这段难走得多。我想他们之所以没有选择上高速，是因为他们已经没有了上高速的必要，而距离下葬的时辰还有段时间，完全没有必要抢时间去牛家村坟地。而如果在坟地待的时间越久，车里的人暴露的可能性就越大，所以他们选择了开车拖延时间。"

"心机真够深的！"小陈说，"您一开始就怀疑这次认领尸体没有那么简单是吧？"

"中年人认领尸体的时候并没有认真仔细地辨认，我想他是代人来认领的，确实是。当然，死者的身份对认领的人来说早已确认。"

"因而，在我准备告诉他一般旁系是不允许认领尸体的时候，您阻止了，您是想放长线钓大鱼，对吧！"小陈露出一双狡黠的眼睛说。

"有长进，看来以后可以给你出重要任务了。"张川笑着说。

"这条戴黑斗笠的大鱼上钩了，可是他究竟是谁呢？"小陈陷入一片沉思。

"如果我没猜错的话，他就是王心玫的父亲，王子尧。"

屋外淅淅沥沥地下起了雨，夜色愈加浓重了。

# 第十二章 荒宅

与张川在中队门口分别后,胡洋便一直在查找杨富贵的下落,他在县局调集了警力,一边在各家旅社和酒店逐一查找5月24日以来所有的住店记录,一边又命人在县域内和网络上张贴发布寻人启事。他和同事查遍了县城内所有的旅社入住记录,都没有查到杨富贵的名字,这个人仿佛人间蒸发了一般。

胡洋怀疑,5·25案案发后,杨富贵有可能潜逃,他又命人查询了车站的售票记录,可几天过去了,依然没有结果。

正如张川所言,杨富贵是此案最大的疑犯,如果找不到他,整个案件的侦破将是水中捞月,无的放矢。可现在面临的问题是,任凭胡洋使出浑身解数,就是找不出杨富贵这个人。胡洋不是一个轻言放弃的人,但他似乎也觉得,这个人并不曾出现过。

一个人出现的地方没有朋友见过,没有住宿记录,没有人认识他,那么这个人要么是没来过,要么是刻意为之,一个正常的社会人一定有着他特有的社会属性,而交往是永远避免不了的。如果用排除法的话,这个人不住店,他可能去找朋友,可朋友都没见过他,那他可能在老家,可老家也已经拒绝了他,那他会在哪里呢?

## 第十二章 荒宅

胡洋深知，杨富贵并非不存在，肯定是他隐藏了自己，把自己变得透明，任何人都看不到，那他为什么要将自己隐藏呢？只能说明，他与5·25案有着某种联系。

那天，胡洋带人刚从一家旅社出来，拿着电脑画像穿过菜市场时，被一个拉着三轮车的大叔拽住，大叔说，他见过画像上这个人。

胡洋很激动，将大叔拉到一旁的大树下，问画像上这个人他在哪里见过，大叔说，在五羊路，今早他在大叔这里买菜。

"请问大叔，最后您看到这个人朝哪个方向走了？"

"他低着头，好像朝山上走去了。"大叔指着对面的那座山说。

老人指的正是林业局所在的那座山，胡洋清楚地记得前些天与张川一同爬山的情景。他谢过大叔，并没有立即安排搜山，而是回了公安局。

忙了一早上，胡洋有些累了，他洗了把脸，脱掉了警服和衬衣，只穿了一件背心，换上一双登山鞋，打了个电话，就只身出了门，向林业局所在的那座山走去。

胡洋小跑了一段路后，感觉气喘吁吁，他将脚步放慢，向山顶爬去。走到半山腰时他才发现，那天只顾着与张川说话，竟没有留意这山里的松树柏树长得郁郁葱葱，几乎到了遮天蔽日的境地。从半山腰根本看不到这山里还隐藏着什么，他一直向山顶走去，找到了林业局的三位护林工人。

"您好，打扰您一下，我是县公安局的，我想向您打听一下，这山里最近有没有发现什么可疑的人？"胡洋向其中的一名工人问道,并向他出示了自己的证件。

"可疑的人?"那三位护林工人面面相觑,被胡洋这样突兀地一问,他们好像蒙在了那里。想了半分钟后,三个人同时摇头,说:"没有发现什么可疑的人,都是些长期在这山里居住的农民。"

胡洋向远处望了望,这么大一座山,即便是窜进三五个陌生人,这三位护林工人也未必都能够发现,他们每天见到的都是些长期居住的住户,不知情,也在所难免。

"那么,这山里有没有什么没人住的破屋破房?"胡洋转而又问。

"破屋破房什么的倒没有,不过有几处房屋,住户都迁走了,房子倒还没有破。"其中的一名工人说。

"哪没有破?你说的是后山梁子王家的住房吧?已经破啦,你想啊,人都搬走一年多了,哪还有不破的房子?尽管那是砖混结构的四合院,也避免不了日晒雨淋,我上个月路过,发现院子的砖缝里都长出草来了。"另一名工人说。

"那后山梁子王家怎么走,你们能帮我指指路吗?"胡洋问道。

"沿着那条小路,一直走,穿过一片竹林就到了。"另一名工人说。

胡洋在恍惚的日光里一步步向后山梁子走去,他仿佛看到日头像一块烧红了的马蹄铁,在踩踏着头顶的云,要将那云也烧熔了似的。

那是一座四合院,门口有一片竹林。大门紧锁着,胡洋看到

## 第十二章 荒宅

大门上的那把锁,被铁锈锈满了,他用手捏了捏,铁锈哗啦啦往下掉。

胡洋沿着房屋的四周转了一圈,那四周都是茂密的林子,转到房屋的东面时,他发现了一扇柴门,木板钉成的门扇上挂着一把普通铁锁,看上去很新。他朝门板缝向里面望了一眼,看到了一个菜园子,菜园子里没有长任何蔬菜,就连野草也没有,园土看上去很湿润,这让胡洋起疑,他觉得这个季节这样的园子是不可能寸草不生的,最近一定有人除过草。

回到局里后,胡洋将侦查小组成员叫到一起开了个小会,会议室的前面墙壁上挂了后山的地图。他想征求小组成员的意见,想对后山做一次搜查。

"我认为对后山采取地毯式搜查可能效果不佳,我们锁定的嫌疑人杨富贵能够躲开熟人的眼睛,能够避开不住旅社,甚至我们在乡下各处散发了寻人启事,都没能发现他的踪迹,可见此人反侦察能力之强。鉴于地毯式搜查动静太大,没有针对性,对杨富贵这样的嫌疑人恐怕无济于事。我今天请各位来,就是想跟大家商量,因为今早,有人声称见到杨富贵向后山而去,山大林密,我们应该如何搜查?"胡洋说。

"杨富贵是临时隐蔽在山里的,他的吃住是怎么解决的呢?"一个警员问。

"我觉得他有可能躲在山里的某一处没有人烟的地方,比如山洞什么的。"另一名警员说。

"可是这样一来,他岂不是要变成野人,以吃野果为生,这似乎有点难以想象。"

"后山虽大，绵延数十里地，除了早些年盗墓团伙挖过的墓洞外，并没有听说那里有人为挖掘用来生活的窑洞。况且一个没有野外生存经验的人，怎么可能选择在山洞里靠吃野果野菜为生呢？"

"我觉得问题的症结在于，杨富贵如果杀人了，他为什么不逃跑到外地去呢？反而躲在距离县城这么近的地方。"胡洋分析道。

"或者，他是想躲过这阵风头，待风声不紧时再离开，毕竟他现在通过买票坐车离开已没有可能，除非坐黑车离开。"一名警员说。

"我今天去了山里，几乎没有发现。不过我发现了一处荒宅，似乎有些问题，但一时间说不上问题出在哪里。我怀疑杨富贵就躲在类似于这样的荒宅中，但我并不能肯定这山里就这一处荒宅，所以没有提议对那里实施布控。"胡洋说。

"我觉得有可能。目前来看，杨富贵躲在荒宅中的可能性最大。"

"那就这样，我们分成五组，分别对山里的五个自然村进行搜查，先查清各个自然村有哪几处荒宅，再分别实施布控。"胡洋说。

"是，听命。"

"在搜查的过程中，同志们一定要穿便服，不要集中在一起，要假扮成山里人。疑犯很敏感，一旦发现什么不对劲可能打草惊蛇。"胡洋说。

五队人马立即出发，装扮成山里人，进入后山搜查荒宅。下午五点钟，派出去的人员陆续归队，正如胡洋所料，林业局的护林工人并没有将山里所有荒宅都记下，胡洋所查看的王家荒宅只是其中

## 第十二章 荒宅

之一，五队人员各自汇报了调查情况。在地图上，四座荒宅的位置被清晰地标示出来。

胡洋立即命人将四座荒宅监控起来，一旦有不明人物出现，立即汇报警局，如果发现杨富贵，务必在第一时间展开抓捕行动。

在茂林修竹的山里进行24小时监控，是有一定难度的。警队人员如果靠得太近容易被察觉，而如果距离太远，望远镜也看不到荒宅周围的全貌。胡洋特意叮嘱一定要盯紧王家荒宅，可是两天过去了，四个盯梢组都没有发现什么异常。

胡洋开始怀疑起自己的推断，甚至，那卖菜老人的话也让他起疑，对酒店旅社和各个农村路口的寻人启事都没有做撤除处理，可也没有发现什么有用的线索。多少天来，胡洋仅凭着那卖菜老人的一句话就觉得杨富贵尚在本县境内，是不是有些武断？

第二天中午，胡洋被局长叫到办公室，局长的脸色十分难看，胡洋感到了从没有过的压力。

"5·25案已经过去半个月，现在还一点头绪都没有，加上之前张川将尸体认领公告发到网上，现已经闹得满城风雨，沸沸扬扬。刚刚接到市局电话，再次催促，将案件进展上报。还有，立即召开新闻发布会，还民众一个说法。这事，你看着办吧！"局长说。

"王局，此案扑朔迷离，各种关系复杂纠结，又是非同寻常的杀人案件，我们一定竭尽所能，力争早日破案。不过还得您多担待担待，给市局说一下，让多宽限几日，我们找到嫌疑人后，立即向市局汇报进展。"胡洋说。

"你不要逼急了市局，要注意做事的方式，就上次张川擅自发布认领公告的事，我还没有追究他的责任，你又要包庇他。你看看，这么久了，案件还是一团糟，一点头绪都理不清，你让我担待，可没人担待我呀！"王局长说。

"可是您要是这么说，我也挺为难呢，张川毕竟隶属于刑警二中队，话说回来，办案经验也不逊色于我。"

"好，你管不着，我管。他张川吃了熊心豹子胆了，他忘了当年他的工作是怎么保住的了吗？再让他这么胡闹下去，你我都要卷铺盖走人！"局长说着，就要抓起旁边的电话。

胡洋见状，急忙拦住了说："我这就通知张川，让把案件最新的进展整理成汇报材料，向市局汇报，并通知他召开新闻发布会。"胡洋心里明白，王局这时候正在气头上，而张川又是个有啥说啥的人，他们俩顶嘴闹矛盾的事在局里可不止一回两回了，有一回闹得张川差点辞职。现在，案件正到了紧要关头，胡洋可不想让这样的事再发生。

第二天早上八点，县公安局在会议大厅召开了新闻发布会，县局和中队的领导都到了，答记者问的环节主要由张川负责。此次新闻发布会，记者们将民众所议论的焦点问题都提了出来，其中有记者提问："5·25案的死者是被下毒，而后又身中数刀，听说最后大火焚尸，凶手为什么如此穷凶极恶，他的目的何在呢？本县很多居民现已生活在对这个杀人狂魔的恐惧之中，请问张警官，公安局到底什么时候能够抓到凶手？这个杀人狂魔是否存在呢？"

张川说："5·25案的死者尸体经法医鉴定，整个案件是一起集施毒、刀杀和焚尸于一身的谜案。不过现已查明，受害者的死因并非是中毒，致命的是胸口的那一刀，至于焚尸，则让整个案件变得更为扑朔迷离。我们起初以为凶手是为了掩盖死者身份，但经过调

## 第十二章 荒宅

查,这个因素被排除了,死者的身份也已确认。我想,我这样说,媒体和关注此案的朋友应该能明白,施毒、杀害和焚尸看起来穷凶极恶,可事实上是彼此分离的作案手段,没有必要将此案看成一个穷途末路、为非作歹的杀人狂魔所犯下的罪行,所以请大家放心,警方并没有什么直接证据来证明我们的身边潜伏着这样一个歹徒。我们也正在全力以赴,找出凶手,目前已经锁定了排查范围。至于详细内情,请恕我不便透露,各位朋友可以安心地工作、正常地生活,完全没必要被那些流言所干扰。我就说这么多,谢谢!"

离开新闻发布会现场时,胡洋问张川:"你是怎么判断中毒、刀伤和焚尸是相互分离的?"张川说:"没有什么依据,我就是随口说说。你知道的,无论这三者之间是关联、配合还是彼此分离,面对那群记者的提问,我只能那样回答……"

在山里部署监控的第三天即将过去,依然没有杨富贵的消息,难道说,杨富贵真的已经逃离了西洲县?就在开完新闻发布会的那天下午六点,胡洋正考虑是否要撤回山里的布控时,电话响了。

接通电话后对方却没有说话,胡洋似乎感到了事情不妙,他对着电话讲:"我是胡洋,有什么事,请您说话!"电话里还是一片沉默,胡洋继续问道:"你是谁?请说话。"

大概一分钟的沉默之后,对方突然说话:"胡警官你好,我要见你……"

"你是谁?你是杨富贵对不对,你现在在哪里?快说,你在哪里?"由于太着急,胡洋发出的声音有些刺耳。

"今天晚上,光武桥下,第二个红绿灯左拐,就能看到我,你一个人来……"

# 第十三章　逃避

开完新闻发布会，张川一身疲惫，对他来说，应付这群记者有时候比应付罪犯还要难，他躺在办公室沙发上，闭上眼睛就睡着了。

被手机振动吵醒时已是晚上九点，张川迷迷糊糊抓起手机："喂。"

"通过这几天的观察，发现院子里还住着一个病人，是个女的。他们白天并不外出，只有到了晚上，陌生男人才会出去，出门时总是戴着斗笠，我们看不到他的脸。他一般是去超市购买日常用品，不过我们发现他去过两回一家叫'回春堂'的中药店。今晚他又去药店了，还没有回来。除此之外，并没有发现什么异常。"电话里小赵说。

"这家院子的所属权你们查过没有，院子是这两个人的财产吗？"张川问。

"查了，不是。房东是本地人。房东说那房子是两个外地人临时租的，他们说普通话，女的看起来病重，房屋租期半个月，算起来今天是第十天。"小赵说。

## 第十三章 逃避

"有没有查那家药店，那男的都买了什么药？"

"我们通过药店老板获知，那男的并没有买药，而是买了一些医用酒精、纱布之类的。"小赵说，"组长您看，这两个人比较可疑，我们是否马上实施抓捕？"

"不行，我们没有直接证据证明这两个人有犯罪行为，并没有权力逮捕他们。还有，你们在监控时一定得保持距离，就目前来说，这两个人并非疑犯，你们要注意，以防扰民。"张川说，"没有别的什么事的话，请继续监控，注意安全。"

"等等，组长……"

"怎么了？"

"那男人回来了……但是……"

张川看看手表，正是晚上九点四十分，那个被监控的男人回来了。"怎么了？有什么异常吗？"

"说不上，看起来他好像从药店带回来了比平时多一倍的东西。"

"哦，难道说……"张川仿佛自言自语道，并隐约感到了些什么。

"是不是里面的女人有危险？"小赵问。

"还说不上，只不过是我的直觉。晚上你们瞪大眼睛，严密监控，如有异常立即通知我。"张川说道。

挂了电话后，张川再度陷入沉思：这个男人和一个生病的女人同住，而王子尧的妻子也患有病，这不是巧合。但如果这个男人就是王心玫的父亲王子尧，那么此次他们回来的目的是为了安葬王心玫吗？还是为了给妻子看病？或者在为妻子看病的同时安葬王心玫？但如果他们回来是为了看病的话，那他们当初为什么选择在外地看病？他妻子的病应该刻不容缓了吧？若不然，他怎么会在还有半年就退休的时候申请提前退休？显然是因为西洲县的医疗水平有限，他需要选择一家医疗条件较好的医院给妻子看病，就像几年前的西凉医院。这么看来，王子尧他们返回西洲县就不是为了给妻子看病，那他就一定是为了安葬王心玫。可如今，王心玫已经安葬，他们为什么还不离开呢？

张川突然睁大了眼睛，他一口气喝完了杯里的热茶，然后拿起桌上的电话，拨了一个号码："喂，小陈，睡了吗？准备一下，明天一早，我们去见神秘人……"

张川和小陈进入院子时是早上七点，他们敲院门时听到了里面急促的脚步声，开门的却是一个中年女人。女人病恹恹的，看上去有些憔悴。

"不好意思，打扰您了，我们来是想向您了解一些情况。"小陈开门见山，拿出证件，亮明了身份。尽管如此，张川心里还是吃惊不小，不是说王子尧的妻子卧床不起吗？这个女人怎么会起身开门呢？这着实不可思议。

"二位警官，你们有什么问题，请问吧。"请到里屋后，那女人为张川和小陈分别倒了一杯水。

"有一个二十二岁的女孩，名叫王心玫，您认识吗？"张川问这话的时候，盯着那女人的眼睛。

女人的眼角皱了一下，说："不认识。"

"那么，您是一个人住吗？"张川问。

## 第十三章 逃避

"我和丈夫一起住,他生病了,一直卧床不起。他得了传染病,从来不见外人,抱歉,给你们带来不便了。"那女人说。

"那么你们一直住这儿吗?"张川继续问道。

"我们是十天前搬来的,为了给丈夫看病,实不相瞒,我们已经买好了今天的票,就在刚才,正收拾行李准备离开呢。"那女人说。

"哦,是这样,实在抱歉,给你们带来不便了。"张川连连道歉。

"那么,请问二位警官还有什么事吗?"女人问道。

"是这样的,那个叫王心玫的女孩前些天在南镇的一家旅社被杀了,我们始终未联系到她的家人,我们正在四处寻找认识这个女孩的人。如果您……的朋友有认识的话,还请通知她的家人,就说警察正在全力查找凶手,请他们放心,我们一定会将凶手绳之以法。当然,如果有必要,或者他们对追查凶手还在乎的话,请他们主动联系警方。"张川在说这话的时候,一直盯着女人的眼睛,并将从户籍室打印的王心玫的照片交到女人手上。

女人低头看着照片,似乎有意在回避张川的目光。张川将照片交到女人手上的时候,他感觉到了那只手在颤抖。

负责监视神秘男人的小赵打来电话说他们已经离开了,这时候张川正躺在公园的长凳上沐浴着早上的阳光。他看到公园里游玩的人看上去都悠闲无比,正如天上行走的云朵,可是没有人知道张川心里的矛盾,是他不解风情吗?还是这人间原本就是如此。他整天都在琢磨着别人的心,琢磨着这世上发生的所有事件的背后有着怎样的真相，可是，他居然连自己都琢磨不透。这些年，他的感情世界仿佛被冷冻了，一直拒绝着外界的温暖，他怕那温暖最终将自己内心融化，消融成一丝冰凉的雪水，最后被蒸发，消失不见。这么多年，看起来他没有惧怕过什么，可唯独惧怕面对自己的内心。

张川笑了，近乎冷笑一般，他知道今早上拜访的那两个人一定是王心玫的父母，可是这世上，居然还有一种人，在女儿受害以后，不愿意配合警方共同寻找凶手，将凶手绳之以法。他感到有一种东西，正镶嵌进他不改的初心里，这令他痛苦万分，甚至足以颠覆他的人生观。

张川真的想静一静，他甚至想长久地在公园待下去，但他不能，他从一开始就隐藏了自己内心里最柔软的部分。如今，还是一样，即便这世上真相比没有找到真相更残酷，他还是想给自己一个交代。但现在，感情会左右一个人的判断力，必须把那些不必要的情感滤出去。

在夕阳即将西下时，张川返回了中队，迎面碰到正抱着一沓资料的小陈。

"老大，一下午没见你，看起来脸色不太好啊。"

"没什么，可能是最近几天没休息好吧。"张川说。

"您能确定今早上那位是王心玫母亲吗？"

"怎么，你认为不是？"张川反问道。

"怎么说呢，之前调查的情况，王子尧的妻子，也就是王心玫的母亲不是长年卧床不起吗？怎么突然站起来了，还为我们开了门？"小陈疑惑地问。

"这个已经不重要了，我们只要知道那个男人是不是王心玫的父亲就行。"张川说。

"那么，您断定那个人就是王心玫的父亲？"小陈说。

"有谁会千里迢迢赶来为一个女孩收尸并且安葬呢？除了她的家人，我想不出第二个人。我们去过林业局，工作人员向我们描述过王子尧的长相，他们也都认识。而王心玫的母亲，因为久病不起的原因，很少有人知道她的长相，这就是为什么男人突然称病不见我们的原因，他怕被人认出是王心玫的父亲。"张川叹了一口气说。

"难道这世上真有不愿意找到杀害自己女儿凶手的父母？"小陈摇着头离开了警局。

"其实我也不相信，可偏偏让我碰到了，或许对他们来说，再抓住一百个凶手，也换不来女儿的一条命吧。"张川心里嘀咕着，他再也不愿意为这样出乎常理的事情挖空心思了。

在办公室草草地吃了两口盒饭后，张川就躺在沙发上睡着了，这些天他从没睡过一个好觉。躺在这柔软的沙发上，竟有一种久违的惬意。

那是数十天来张川唯一一次睡了个自然醒，他醒来时发现玻璃窗户上映着一大片朝阳，案子还没破，可他真的想休息一下，这样的早晨他唯一的愿望，可是这个愿望又是多么奢侈。他从没有过这样的倦意，难道在自己的直觉里，这个案子有着令人惊讶的隐情？

张川来到大厅时，所有的同事都望向张川的脸。张川借着楼道的警容镜看了看脸，发现自己脸上并没有什么，他不知道同事们这般看着他到底是什么原因。

张川和小陈在一张桌上吃早餐，小陈突然低声说："老大，你听说了没？县局的胡洋警官找到了杨富贵,并在前天晚上跟他见了面,昨天杨富贵到县局去了,案情有重大突破。"

张川皱了下眉,他马上明白了同事们刚刚看他的异样眼神,那眼神里分明在说,县局胡洋都找到凶手了,原本属于二中队你的案子,现在人家都抢到你前头了,你还在昏昏睡大觉?

张川草草吃了两口,大踏步走出中队,驱车向县城飞奔而去。

## 第十四章　初见

算起来那应该是前天晚上的事，胡洋接到了杨富贵的电话，约好晚上九点半在光武桥下见面。那时候胡洋心里直犯嘀咕，这个动用了巨大警力苦苦搜寻了多日未果的疑犯，此时为什么主动地跳出来要与他见面呢？

晚上九点半，胡洋乘出租车如约来到光武桥。光武桥南侧是一条小吃街，正是晚上人最多的时候，空气中弥漫着一股孜然的气味，烧烤的香味和臭豆腐的臭味沿街窜走并被沿河的风带到对岸。胡洋走在桥上，看到了河水中彩灯的影子被水流冲成扭曲的带状，他抬头看了看桥头的红绿灯，心里默数着，第二个，他在第二个红绿灯左拐，就看到河对面一个黑影，像一根树桩矗在那里。

胡洋刚要迈动步子朝黑影走去，兜里的手机响了，他拿起手机时看到对面的黑影也有一个拿手机的动作，他轻轻地将手机挨到了自己耳旁。

"胡警官，我就在您的对面，想必您也看到了，但您不能过来，现在我有几个问题想问您……"

"我们见面谈，好不好？"

"不行，这是我们见面的最短距离，也是安全距离。您如果再靠近一步，我立即消失。我敢保证，你们是抓不到我的，如果您不相信的话，可以试试。不过相信您并不愿意让这一幕发生，对吧？"

胡洋看了看河对面那黑影，他的身后是那条很长的小吃街，如果他此刻转身消失在那条街上，那要找到他就很难了。况且，这个人反侦察能力极强，在夜色的掩护下，他要摆脱几个警察的追捕应该不是难事。

"怎么，还在考虑要不要过来吗？"电话里又在催。

"好，好，您冷静一点，我们就这样说，我不过去，您有什么疑问请尽管说。"

"毒药、刀杀、焚烧，5月25日凌晨的死者究竟是死于哪一种？"

"这个我们在召开新闻发布会时已经说得很明白，法医鉴定，5·25案的受害人是死于左胸中刀，割断动脉，失血过多而死的。"

"这是你们确切的调查结果，还是仅仅是为了避免造成民众恐慌而瞎编的？"

"我想我们没有必要为了防止民众恐慌而故意扭曲事实、隐瞒真相，毕竟群众的眼睛是雪亮的，纸是包不住火的，您说对吗？"其实当胡洋说出这番话时，自己也感到心虚。张川曾给他说，虽然受害者是死于刀伤，但毕竟没有直接的证据证明这三者之间相互独立，可是新闻发布会上发布的事实，他不可以推翻，他们必须保持口径一致，才不至于枉费张川的一片良苦用心。

## 第十四章 初见

"那么这么说，王心玫是死于刀伤，而不是死于下毒对吧？"电话里说。

"是的，这个我们可以肯定……"

"我想再问一个问题。"

"请讲！"

"到目前为止，你们锁定的嫌疑人是我对吧，如果我说我并没有杀害王心玫，你们信吗？"

胡洋对这样的提问猝不及防，他一下子矛盾起来，如果他不相信杨富贵，那他一怒之下再次消失，岂不是前功尽弃？

"这个得证据说了算，如果证据证明您没有杀人，法律一定会还您一个公道。如果您对警察还抱有信任，能够提供更多的线索，尽快破案的话，对您来说，也是一种解脱，不是吗？毕竟东躲西藏提心吊胆的日子谁也受不了。"胡洋思虑再三还是决定从一个警察应该持有的角度对他说。

"可是我并不能保证死者不是因为我才服毒的，我一直不敢面对这样的事实，可如果事实如此，你们会判我什么罪？"电话里的声音突然低沉了。

"我不知道您说的是什么意思，但如果死者非你所杀，您应该坚信法律会还您公道。"胡洋劝解似的说。

"法律，要是相信法律我还能活到现在吗？您别跟过来，有什么事我会再跟您联系的！"

胡洋茫然地听着电话里"嘟嘟"的忙音，河对面的那个黑影，只一眨眼的工夫，就闪在一辆车的背后，消失不见了。

胡洋跑下桥，向河的对面跑去，那里人潮汹涌，除了小吃街上的妇女儿童和一些酗酒的民工，再找不到与那个黑影相似的身形。胡洋躲进一家临街的酒吧，要了一杯浓咖啡，刚才的那一幕恍惚而过，似乎并没有发生。

杨富贵为什么对5·25案的受害者王心玫死于刀伤那么在乎呢？这让胡洋甚是不解。现在，杨富贵出现了，就证明了他并没有离开西洲县，案发以后，他为什么不离开呢？难道说此案还有什么隐情？从酒吧望向街区，夜幕下灯光以外的黑暗，加深了夜色。

令胡洋最为困惑的，莫过于杨富贵与他见面时在电话里丢下的最后一句话："要是相信法律我还能活到现在吗？"他到底有过怎样的经历，才让他对法律有了深深的怀疑？

当天夜里，胡洋撤掉了在山间进行盯梢的警力。他十分肯定，像杨富贵这样的人，如果他不主动现身的话，耗再多的警力恐怕也是枉然，撤回这些警力，从长计议也许才是最好的办法。

令人意想不到的是，第二天中午，警局接到了一个自称是杨富贵的人的电话，那人说，关于5·25案，他有重要线索，他要向胡洋警官当面举报。胡洋听到这个消息时心里不免紧张，就在昨晚，杨富贵还说如果有事的话，会再联系，可没想到，今天他就把电话打到警局了，这又是怎么回事呢？这其中会不会有什么阴谋？他立即召开了小组紧急会议，做了相关的部署。

胡洋准备接见那个自称是杨富贵的人。中午一点的时候，有一个人走入警局，在警员的指引下，进入胡洋的办公室。

那人高高瘦瘦，二十五六岁，如果非要与昨晚见到的那个人做对比，还真有几分相像。胡洋请来人坐在沙发上："快请坐！"

"胡警官好。"来人并未在沙发落座，反而向前两步，伸出手

## 第十四章 初见

意欲与胡洋握手。

听到对方的声音时,胡洋明白了,这个人就是昨晚那个在光武桥见过的人:"我们昨晚见过了,对吧?"

"是的,昨晚我们见过了,私下里。"来人笑着说。

"那您今天来算正式挑明了身份,是这个意思吧?"胡洋问。

"是的,我是杨富贵,很高兴认识您,胡警官。"他们俩紧紧地握了握手,杨富贵坐向沙发,而胡洋并没有立刻坐在自己的椅子上,而是去泡了一杯茶,放到杨富贵眼前。胡洋坐回自己的椅子后,他们之间隔着一张办公桌和一张矮矮的茶几。

"听说您有重要的线索向公安局举报?"胡洋问。

"是的,相当重要,但是此前我是疑凶,不是吗?正因如此,我没有勇气来公安局向你们说出这一切。"杨富贵说。

"很抱歉,这是我们的工作。如果您愿意早一点出来,协助警方破案的话,兴许可以避免这种不愉快。不过,现如今对您的搜查和监控都已经撤销了。"

"我知道,对我的搜查和监控都撤销了,可警局对我的怀疑却并没有打消,对吧?"

"很抱歉,这是我们的工作,请您原谅和理解,一切也只凭事实和证据说话。"胡洋解释道。

"即便如此,我也愿意将我知道的信息提供给你们。"

"那么,有劳您了。"

"5月24日在南镇黄龙湖边上的夕月旅社,是我陪同王心玫登记的房,那天我们喝了不少酒,原本计划要住在品如旅社的,可那里只剩一个单间,是王心玫坚持另找旅社的。后来我们就找到了夕月旅社,用她的身份证登记了三楼的一间房,此后我陪她到晚上十点,十点左右我离开了。"杨富贵说,"当我于第二天得知夕月旅社出了命案时,我吓了一跳,我偷偷去了那里,看到旅社已经被警方戒严,才得知5月25日凌晨王心玫被杀了,而且当时住店的人都被怀疑,警方还限制了他们的人身自由。"杨富贵拿起桌子上的茶杯喝了一大口,"我害怕极了,我怕我也会被怀疑,甚至会被认为是杀人凶手,所以这么多天,我都在东躲西藏。"

"我不能住旅社酒店,也不能去乡下,更不能公开地去车站买票离开,甚至,我也不能去超市购物,不能在人多的地方出现,我快要被逼到去深山旷林之中做一个野人了!我快要疯了。"杨富贵激动地说。

"乡下到处贴满了寻找我的告示,更为严重的是,我察觉到我已经被搜查监控了。我知道的,你们怀疑过西山上那座荒宅。是的,西山上所有有可能躲避的地方我都去过,最终我选择了王家荒宅,我撬开了后院的铁锁,在那里躲避了几天,晚上我才能去附近的小卖铺买一点泡面什么的,但是却不能经常出去。后来我在下山买菜的时候,买回来几样菜籽,我翻掉后院那个园子,种下了菜,以为在山上就可以多躲避几天,可是没想到,您还是发现了那里,我真的无路可逃了。正如你所言,我只能相信法律,因为我是清白的,我并没有杀人,所以我才联系了您。"杨富贵端着茶杯的手因为激动而有些颤抖。

"我想把这一切都告诉你们,我想那样我就可以安宁了,生活可以过得稍微正常一点。"杨富贵说完这些,胡洋看到他一口气喝完了杯子里的水。

## 第十四章　初见

胡洋起身，又给他添上热水，坐回椅子上后说："您能主动跟我们说这些，我代表专案组全体成员表示感谢。我想多向您了解点情况，请教您几个问题，不知方便不？"

"您问吧，与胡警官已经不是第一次打交道，我相信您。"杨富贵说。

"我想知道您和王心玫来南镇黄龙湖的目的。"胡洋说。

"就是单纯的旅游，没什么的。"

"那么，那晚上您离开夕月旅社时有没有发现什么异常，旅社四周可还有其他人？"胡洋继续问道。

"就都是些旅店当晚的房客们，我在下楼时碰到205房间出来的客人，第二天我听说他被警察怀疑，后来又被排除了……其他，并没有什么异常。"杨富贵说话时显得小心翼翼。

"也许，您今天是主动来提供线索的，我不便多问，但是我还是想站在我个人的角度问您一个问题，当然如果侵犯到您个人隐私的话，还请您多多谅解。"胡洋也变得小心翼翼起来。

"您问吧，既然我人都来了，就是准备坦白一切。"杨富贵看上去虽有疑虑，但还是说出了这样斩钉截铁的话。

"我是想问，您跟王心玫的关系，她是您什么人呢？"胡洋悄悄地转换了语气，终于抛出了这个久久积压在心里的问题。

杨富贵欲言又止，略微有些忐忑。之后，他说出了一句话——

"我跟她没有什么关系。准确地说，5月24日那天，我也是第一次见到她。"

## 第十五章 牵嫌

张川赶到县局时，已是杨富贵来公安局提供线索的第二天，他觉得王子尧那头的线索暂时断了，有必要了解一下胡洋这边的进展。

"昨天杨富贵与我谈话的所有记录都在这里，你可以拿去看。"胡洋表现出少有的大度，"不过我觉得他应该不是凶手。"

张川坐在沙发上翻看着谈话记录，大概一刻钟的时间后，他看完了。

"我有个不情之请，我能不能介入关于杨富贵此人的调查？"张川站起来郑重其事地说。

"请便。本案原本就属于第二中队调查，说实话要不是市局逼得紧，王局长觉得破案进展缓慢，不能给市局交差，我也懒得管。"胡洋似乎带了情绪地说道。其实想想也完全能够理解，有哪个警察会将好不容易找到的疑犯拱手让给对方调查呢，况且因为上次审讯常遇春的事导致胡洋心里愤愤不平——自己想尽了一切办法都撬不开的那张嘴，竟然在张川的三言两语下全交代了。

除却友情，在工作上，他们俩永远是对立统一的，高手过招往

## 第十五章 牵嫌

往差别毫厘。

"那还是算了吧，如果有什么需要，你尽管开口。"张川说完这番话起身离开了县公安局。走出县公安局后，他步行向西洲县一中的方向走去。案件再次陷入混沌状态，有段时间没有见到李教授了，张川心想。

"案发有二十天了吧，这是我见过的在你手下拖得最长的案子。"在李教授的家里，他对张川说。

还是李教授特别定制的茶，张川的印象中，李教授一直比较钟情于这种茶，似乎很少有变化，泡上一壶，香气立即氤氲开来。张川想起曾经问过李教授，为什么对这种茶情有独钟。李云说他晚上偶尔会做实验，即兴实验，屋子里难免留下不好的气味，而这种茶，正好可以将气味冲淡。

"一半是狂人，一半是哲人。"张川突然说。

李教授看了一眼张川，似乎对他所说的完全不能理解。

"哦，我没有说案子，我在说你，像你这么一个懂得享受清闲的人，也难免在夜深人静的时候发飙一样做起实验来，真是令人难以置信。"张川笑着说。

李教授竖起右手食指，朝着张川指了指："你啊你，真是死脑筋，"他给张川沏了一杯茶，"圣人都免不了有瑕疵，何怪我们凡夫俗子乎？孔子周游列国，被人尊称圣人，可也民可使由之，不可使知之。可见他是轻视平民的，我想他更懂得推己及人的道理，但如果落实到肉体上，灵魂的东西就显得水至清则无鱼了。"

"是啊，可这世上有没有一种爱纯粹到这种程度，"张川叹息道,"有没有一种父母的爱,纯粹到因无法挽回女儿的生命而不愿去找寻凶手的程度?难道他们真的只在乎她的生,而不在乎她的死了吗?"

"看起来这个事情纠结你有几个晚上了吧,看你的眼圈,就知道至少有两个晚上没睡好觉了。"

"没有,怎么说呢?我休息的时间要比以往更多,可睡眠质量却很差。"张川说。

"因为这件事正在颠覆着你对你从事的职业的认识,你突然觉得你对所从事的职业失去了使命感,对吧?"李教授说。

"什么都瞒不过你,确实有过这样的感觉。"张川点头道。

"凡存在,皆合理。我们平时所见到的,大多都是被这个世界程式化的,比如说有仇必报,因果循环,可是如果这个世界没有建立我们目前这样一个伦理体系,那么你所看到的,将完全不依据你的推理运行,它将呈现生命的本来面目,当然也呈现一种无序。作为社会人,我们的行为都建立在一种道德伦理的价值尺度之上,所以它才呈现有序,才适合推理,或者说,才有了你这样的大侦探一展身手的可能。所以,你的侦破是为了保持这种有序,而非为了照顾某一两个人的私人情感,即便他们不再愿意追查凶手,你的侦破都保持着颠扑不破的意义和尊严。"

张川简直被这番话惊呆了,他对李教授的认识仿佛又上了一个层次。

"怎么,傻愣着干吗?茶都凉了。"李教授唤醒了愣住的张川。

"可是,这条线断了……"张川不无懊恼地说。

## 第十五章 牵嫌

"在世界消失的地方,新的世界又会拔地而起。这可是你的信条,难道忘了?"李教授也拿起茶杯,喝完了一杯茶。

"我想今天你来我这里应该不是为了让我解决你的思想问题吧,比起烦恼的工作,偶尔享受一杯下午茶是不是也很重要呢?"李教授笑着说。

"好吧,那我们喝茶。不过,如果说我还有其他问题,不知道你愿不愿意帮我一起分析分析?"

"洗耳恭听。"

"5·25案最大的嫌犯昨天找到了,确切地说并不是找到了,而是他主动来到了公安局,并且交代了一些事情,我今天见到了昨天的谈话笔录。"张川说。

"你觉得他身上还是有些问题,对吧?"李教授问。

"是的,我还有几个疑问,可是现在面临两个问题,其一是公安局对他的监控已全面撤除,这是县局的决定。这个人非常警觉,我不好贸然进行调查。其二是对这个人作案嫌疑的排查,目前尚由县局的胡洋警官进行,我这边不好直接介入,我该怎么办?"

"这两个疑问,都涉及你的工作,我都不好回答你,看来今天你要白跑一趟了。"李教授笑着说,"不过有茶,不枉此行啊!"

张川离开李教授家时,晴空万里,下午的空气,也是难得的清新。张川想,忙里偷闲,岂不快哉!

自己是该回家好好打扫一下自己的屋子了。连日来在外奔波,这个单身汉的屋子早已经变得狼藉一片,乱成狗窝。

张川整理了一下午的屋子,桌子上的那堆乱纸,是他在分析案情时糊涂乱画的,他一张张捡起来,逐一查看一遍,又完整地叠在一起，装在了一个档案袋中。

夕月旅社5月24日至25日住在一楼房间的客人和二楼房间的客人现如今都已回家，曾经被怀疑有最大作案嫌疑的常遇春也回了湖南；夕月旅社的老板没有作案动机，显然也已被排除，而此时他正在承担5·25案造成的不良后果，旅社整整二十天没有正常营业了；死者身份已被确认，尸体已经认领，可是死者家属却不愿表露身份，也不愿对凶手一查到底，现在他们也离开了西洲县；而现在被怀疑为最有作案嫌疑的杨富贵，却在追查数日之后主动跳了出来，交代了那晚上所发生的事……

5·25案所有的线索草图都在这里，它们是时候一一归档封存了。

去享受一段难得的悠闲时光吧，张川对自己说。

夜幕降临，张川从自己小房间的酒柜中取下一瓶红酒，他在家里很少喝茶，唯有红酒与他享受孤独。他用丝巾擦了擦酒瓶，用力拉开瓶盖，倒了满满一杯，摇晃醒酒，他在灯光里晃动那一杯红酒，杯子在屋顶的灯光映射下显得光怪陆离，他喜欢光，就像喜欢这世上很多偶然的碰撞，所产生的电光石火一样。

一个习惯了高速运转的大脑是停不下来的，此刻唯有红酒带给他时光的停滞，让他觉得时光不至于流逝太快而人生也不太过于匆匆。

已近十一点，张川感到屋子里有种强大的温柔，他该好好地享受这没有烦恼的时刻。他从桌子上抓起手机，他想让这个保持了几百个日夜都不曾关机的手机也休息片刻，他找到了"飞行模式"，就在他要按下去的时候，电话来了。

## 第十五章 牵嫌

"老大,睡了吗?之前你让我调查的关于杨富贵曾有疑似犯罪的情况我查到了,杨富贵曾涉及一起煤烟中毒案件。半年前,一位兰榆大学毕业不久的女大学生在校外私人宿舍莫名其妙一氧化碳中毒,第二天邻居发现时,她已经深度昏迷,由于家里再没有其他人,因而房东报了案。听说中毒当晚那女的服用了大量安眠药,送医院后当地医院没有接收,后又转外地医院进行治疗,而在煤烟中毒前一天晚上,杨富贵见过她。转院前,警察从该名女子的手机通话记录里找到了嫌疑人杨富贵的名字,警方开始四处寻找杨富贵的下落,想必杨富贵的叔父也就是那时候接到了关于杨富贵在外地可能涉案的通知的。但奇怪的是,半个月以后,警方却突然不再寻找杨富贵了,听说是那女的醒了,撤诉了,并澄清那晚上的煤烟中毒事件只是一个意外。因为受害人最终没有多大损失,警方并没有立案,只当是普通的民事案件处理了。我们是通过杨富贵叔父的亲属和私人关系得知这件事的。不过……"

"有什么疑点吗?"张川问。

"不过,奇怪的是,半年前发生的这件煤烟中毒事件的主角,也就是那名刚毕业不久的女大学生的名字,我们并不陌生,她叫王书玫……"

## 第十六章 指纹

中午十二点的时候,胡洋办公室的门开了,检验科的同事递给他一份报告。

"这怎么可能?"看到这份报告时,胡洋瞬间惊呆了。

那是一份指纹比对报告,比对的结果是,5·25案杀害王心玫的那把水果刀上的指纹,竟与杨富贵的指纹完全一致。前天早上,杨富贵主动来警局向胡洋提供线索时,就在胡洋的办公室里,他的指纹留在了胡洋端给他的那只杯子上。送往检验科的那只杯子上,只有胡洋和杨富贵两个人的指纹。

"现在,他再次变成了疑凶。"胡洋摇着头说。

"可如今我要是再去跟他谈话,他会不会又怀疑我们对他起疑而躲起来呢?"胡洋心里犯起嘀咕,这多少有点投鼠忌器,"可无论如何,即便我是相信他的,那也要向他找个说法,因为这是我的职责所在。"

已经有好多天不下雨了,天阴着,就是落不下一滴雨,这样的天气,最让人沉闷。胡洋脱掉外套,像上次一样,只穿了背心,因为穿外套爬山路弄一身汗实在不舒服。

## 第十六章 指纹

杨富贵就住在山上那座王家荒宅里。穿过弯弯曲曲的小路，胡洋的眼前呈现出一片熟悉的竹林，竹林的背后，就是王家老宅。走近老宅时，胡洋发现老宅的前门和上次一样，还是被一把生锈的大锁锁着，看上去仿佛从没有动过。他循着院墙转到了屋子的后面，靠东面的地方，那里有一道栅栏门，胡洋远远地看到那道门是开着的。

一步跨进了栅栏门，胡洋被眼前的景象惊呆了，后院里稀稀拉拉的绿色里透着许多小花骨朵的脑袋，园子被开辟成了日字形的两个小块，分别用来养花和种菜。那绿油油的菠菜已经长得很茂盛了，一行田垄压上了辣椒苗和葱秧子，院子中有一棵很大的杏树，胡洋抬头看到了青涩的小绿杏。园土看上去很潮湿，胡洋想，一连数十天没下过雨了，一定有人每天不间断地浇水，这园子才一片欣欣向荣的。只几天的工夫，胡洋先后看到的园子竟然完全不同了。

"有人吗？"胡洋喊了一声后，拾阶而上，向那五间砖混房走去，他看到有人的影子在一棵树后面一闪，露出了杨富贵的脸。他双手抓着两把泥巴，来回地搓，看到胡洋，一副很腼腆的样子。

"胡警官，快屋里请。"杨富贵一边请胡洋进屋，一边慌里慌张地去墙角的自来水龙头上冲手上的泥。

"怎么，你这是？"胡洋指着杨富贵的手说。

"刚才在园子里除草呢，让您见笑了。"一边说着，他们俩一前一后进了客厅。

"真没想到，才几天工夫，你变成有模有样的菜农了。"胡洋说道，一边环视了下那间屋子，屋子颇为简陋，正中间有一张老式桌子，两把椅子，右边是一张土炕，桌子的左边地上放着一张正方形茶几，靠近茶几放着一把小凳子，屋子的光线有些暗，毕竟这房屋的四周都被树木遮蔽着。

"没想过有人会来，这屋子也没有收拾。"杨富贵说。

"这几张家具是你新买的吗？"胡洋问。

"不是，是这家搬走前留下的，前些天我去了一趟村委会，听村支书说这家人在这个村子没有什么亲戚。听说原来也是乡下人，后来大儿子在北京生意做大了，就一家人全都搬走了。临行时给村上留下话，说谁要是看上这屋子就让去住，有人住着，房屋就不会老得太快。兴许他们有生之年还会回来，所以我就名正言顺地留在了这里，"杨富贵笑着说，"天无绝人之路嘛。"

"这屋子看上去有些阴暗。"胡洋说。

"外面基本上看不到这里，这很好，正是我需要的。我就想一个人静悄悄地安顿下来，平时种种菜，养养花，算是推天度日吧。"杨富贵说，"您看，前门那把锁，我从没有动过。这门啊，和人心一样，一旦锁住了，还是不要轻易触碰的好。"

杨富贵突然说出了这样一句很有禅意的话，这让胡洋感到意外。

杨富贵倒水泡茶。粗茶一杯，略有苦涩。胡洋望向窗外良久，才鼓起勇气说："其实我今天来，是有几件事，想跟你交流，无论如何望你不要放在心上。"

"是有关案子吧，"杨富贵笑着说，"但说无妨。"

"是这样的，5月24日那天你送王心玫去夕月旅社之后，有没有动过她房间里的一把水果刀？"说出这话时胡洋观察着杨富贵的眼睛。

## 第十六章 指纹

"嗯，有，那把水果刀，我的确动过。那是晚上九点多钟的时候，我原本打算要离开了，王心玫说她有些口渴，让我给她削一个苹果。我记得很清楚，我是用一把水果刀削的，并把苹果递到她手上之后才离开的。那苹果是我买的，那天晚上我们都喝了点酒，在向夕月旅社去的路上我们经过一家水果店，在那儿买的。"杨富贵说。

"哦，是这样，那么那家水果店你还记得吗？"胡洋继续问道。

"记得，距离夕月旅社不远的一家，名字我倒是忘了，但是如果到那里我一定认得出。那附近水果店很少，不过您打听这个干什么？"杨富贵有些疑惑地说。

"也就随便问问，了解了解，那么那把刀是哪儿来的呢？"胡洋继续盯着杨富贵问。

"黄龙湖附近的山里盛产一种大桃子，五六月间恰好桃子上市，作为旅游开发的一个产业项目，几乎所有的水果店都有水果刀配套销售，这种水果刀用后还可以留作纪念，我们是买水果时买的刀……这把刀有什么问题吗？"杨富贵斩钉截铁又小心翼翼地说。

"是的，你可能不知道吧，你曾削过苹果的那把刀，被鉴定出是杀人凶器。"胡洋的声音突然低了，他仔细瞧着杨富贵脸上的变化。

"果然如此，但我没有杀人，这究竟是怎么回事，我确实一概不知。"杨富贵摇着头说，并深深地叹了口气。

"还有一件事，我想向你了解一下，5月24日那晚，你是十点左右离开夕月旅社的对吧，回到你所住的品如旅社房间时大概是几点?"

"对,我是十点钟离开夕月旅社的,这一点我记得很清楚。到品如旅社我的房间时,大概是十点二十分,我记得我回到旅社上床睡觉时看了下手机,是十点半。此前,我在旅社洗了个脚。"杨富贵一边回忆一边叙述。

"哦,是这样。"胡洋点点头,并起身告辞,"今天多有打扰,只是了解案情的需要,还望你别往心里去,我希望下次来的时候,能够吃上你院子中这树杏子。"

"胡警官能来,这园子都一下子热闹多了,以后有空,欢迎您随时来,粗茶一杯,确有怠慢,还请您不要见怪才好。"杨富贵笑着说。

"哪里的话,就怕打扰了你,多好的院子啊!其实我有个理想,等退休了,也希望有一个这样的院子,安享田园,度过余生。"说着这话,胡洋和杨富贵已经一前一后走到了院子中。

"胡警官还年轻,这深山老林中,只适合我这样的无所事事的人推天度日呢,您可不要学我。"这是胡洋今天第二次听到"推天度日"四个字。

杨富贵接着说:"老百姓还盼望着胡警官您多破几个案子呢!"

两个人爽朗地笑了。

出了院门,胡洋有种说不出的失落感,那个院落,如此闲适恬静,可联想到案情,胡洋的疑虑再度加重。胡洋一个人下山时,给局里打了个电话。

大概十五分钟,胡洋已经走到了半山腰,这时候局里的电话回

## 第十六章 指纹

过来了，电话里说："刚刚安排人去品如旅社核查了一遍，房间管理系统显示，5月24日晚上，杨富贵返回房间刷门卡开房门的时间是晚上十点二十二分，与他本人所说吻合。另外也核实了从夕月旅社到品如旅社这段路程，正常人走的话一般走十二到十五分钟，如果喝醉酒的话，得在二十分钟左右。还有个情况，经过再次调查，品如旅社的一名女服务员说看到了杨富贵回来，时间也和他所说的基本一致。看来，这次杨富贵的嫌疑又要排除了。"

"那么，有没有对夕月旅社附近的水果店进行排查？"

"我们的人员分成了两组，现在一组正在对附近水果店展开调查，估计这会儿应该有消息了。"

刚挂完电话，又一个电话打进来。

"我们对夕月旅社附近的水果店进行了排查，发现这附近水果店并不多，5月24日晚上的客人他们没有人记得，不过那段时间水果店销售的时令水果主要是桃子和苹果倒是事实，而桃子作为主打的旅游文化产品，在白天黄龙湖一带的地摊售卖的则更多。"

"另外，水果刀在黄龙湖一带的水果店里都有销售，也是政府统一定制的一种文化宣传用品，形状款式也都一致，按理说，这种刀一般不会在削水果的时候对人造成伤害。"

那把杀害王心玫的水果刀上，只留有杨富贵一个人的指纹，这究竟是怎么回事呢？胡洋想着，走下山来。

## 第十七章 转院

张川曾看过杨富贵与胡洋的谈话笔录,他记得清清楚楚,杨富贵说5月24日那天他与王心玫初次认识,那么,小陈在电话里说的,半年前杨富贵曾经涉嫌的那一起煤烟中毒案的主角是王心玫,也就是说,他们早就认识,这又作何解释?

张川将这边获取的关于杨富贵与王心玫有可能之前就认识的信息在电话里告诉胡洋,出于对案件整体进度有所推动的原则,胡洋也把当天去山里的情形大致说了一遍,他们彼此交换了信息。

"看此情形,我还得去一趟兰州。"张川说。

当天中午,张川只身一人踏上了去兰州的路,路途虽并不遥远,但连日来的工作使他看上去有些憔悴。

依照小陈及其他警员从杨富贵叔父和其他亲戚那儿打听来的消息,当年王心玫就住在岩滩路附近。当张川赶到那里时,那里却与小陈描述的已完全不同,一排活动板房已经消失不见了,取而代之的是一栋五层的楼房。

虽然颇费周折,张川还是找到了当时给王心玫租房的女房东。女房东说,是有那么回事,那姑娘当时的名字叫王书玫。

## 第十七章 转院

"听说那姑娘当时已经从学校毕业了,原本她是和她男朋友租的房,但出事那段时间她的男朋友外出了,好像大概每隔一段时间他都会外出,那次他出去了一周。事情发生后,是我打电话叫他回来的。"

"哦,那您能不能将事情经过讲得详细一些?"

"那时候吧,我们这里给学生租的房都比较简易,大多都是活动板房,夏天热得要命,冬天又死冷死冷的,所以屋子里都生煤火来取暖。我记得这个姑娘用的是带烟囱的铁炉子,一般不封死又不刮倒烟的时候,屋子里是不会有煤烟的。

"那天早上,我看姑娘的房子门外堆着一些垃圾和塑料袋,我想告诉她,要把垃圾及时清理掉,因为院子比较窄小,环境卫生搞不好的话挺乱的。

"我走到她的房门前敲门,没有动静,我使劲摇了摇门,发现门是从里面锁着的。我敲了半天,门没有开,我以为姑娘贪睡,就再没有理会。后来我来到院子时已经中午十二点半了,那姑娘看上去还没有起床,我觉得事情有些不对劲,使劲摇门,但里面一点动静都没有,同院住的一个小伙子翻窗而入,打开门看到姑娘倒在地上。当时姑娘已经不省人事了,我慌忙给她的男朋友打电话,他说,他去了成都,第二天才能返回。我怕拖得久了,姑娘会有生命危险,万一出人命,又知情不报,我可就惨了,所以慌里慌张地报了案,后来来了五个警察。

"勘验了现场之后,警察认为这可能是一起蓄意谋杀案,因为火炉基本通畅,没有封闭。他们又从气象部门了解到,晚上没有刮北风,也就意味着不可能刮倒烟,而且火炉里的煤块已经燃尽,看上去很充分。

"后来,警察查明了煤烟是从墙角的一个铁簸箕里来的,原本满满一铁簸箕的煤块烧完了,屋子里充斥着硫黄味。姑娘被送去了医院,那天晚上,她的男朋友也来了,但是姑娘的病情严重,血液中的一氧化碳浓度过高,医院建议转院,县城医院的医疗条件完全没可能救活她。"

"后来姑娘在男朋友的陪护下,转到外地医院去了。再后来的事情你们也都知道了。"

"那屋子里的铁簸箕装满的话,能够装多少斤煤块?"张川问。

"大概十斤吧,那煤块原本是准备第二天早上在铁炉子里烧的。"女房东说。

"当时警察怀疑是有人故意引燃了她房中铁簸箕里的煤块?"

"警察来之后,看了铁簸箕里的煤块,已经全部烧成了灰,单凭这一点,警方还没有怀疑有人要害姑娘。可是姑娘被查出在那晚上服用了过量的安眠药,桌子上也放着一个装安眠药的瓶子,两者结合起来,警察开始怀疑是有人故意要害人。"

"哦,是这样。那么,有一个叫杨富贵的人您记得吗?"张川问。

"记得记得,警察那时候就怀疑这个人了呢。他们从姑娘的手机上查到了他们二人的短信,听说是杨富贵主动要见姑娘的,后来还听说警察去外地找过这个人。"女房东皱着眉头说。

"您是这儿的房东,平时应该经常能注意到一些陌生人吧,您有没有见到过杨富贵本人?"张川问。

## 第十七章 转院

"姑娘的房间距离我的房间不远,出事那天晚上前半夜确实来过一个男人,在姑娘房间里待到十二点多才走。那人的样子我倒是没怎么看清楚,只记得个儿很高,土里土气的,我原以为是姑娘老家的亲戚呢。"女房东说。

"哦,那么,她男朋友出去的那一周时间,除了这个人,你有没有见过其他人?"

"没有见过其他人。哦,对了,那个男人应该前后来过两回,出事前一天晚上也来过,他来去都比较匆忙,或许因为白天工作的原因,一连两次来都是晚上同一时间。"女房东说。

"您之前说,事故发生后是您打电话给她男朋友的对吗?您现在手机还存着他的号码吗?"

"好长时间没联系了,不知道手机里是否有他的号码,我找找看。"女房东说着,低头在自己手机的通讯录里翻看着,"找到了,就是这个……"

张川记下了那个号码,又问道:"您知道他们转院到哪里去了吗?"

"这个不知道,从那以后他们就再没有回来过,他们应该是不愿意再回来了吧!欠下的房租是两个月后通过银行转账的。"女房东说。

"你们最近一次联系是什么时候?"张川想继续确认一些东西。

"没有,还房租以后他也只发了一条消息,我当时打了电话他没有接,又发了信息问了下姑娘的病情,他回复过来几个字,说已出院,勿念!"女房东咽了一口唾沫,"那已经是半年前的事了,自那以后,我们再没有联系过。"

从房东那里出来后,张川去了一趟岩滩派出所,他已给在岩滩派出所上班的大学同学打了个电话,想借一份半年前的档案出来。

张川来到岩滩派出所时,十多年没见过面的老同学很激动,说一定要请张川吃顿饭,来了就多玩两天。张川说,还有要事在身,不是万不得已,也不会叨扰老同学。看着同学们现如今一个个混得风生水起,张川却只是个编外的辅警,他难免有些失落。

"我还记得当年你在学校破女同学溺水案的情形,凶手最后被执行死刑,真是大快人心啊。那时候我就觉得你一定会成为一个了不起的刑警。说实话,走上警察岗位这些年,我都在以你为榜样……"同学滔滔不绝地说。

"没什么,那时候就是个愣头青,不懂得人心险恶,现如今,越来越觉得人心要比我们想象中的复杂,这世上有好多说不明道不清的事情,也只能归咎于命运的无常了。"张川感慨地说。

"但无论如何,你都是我心目中的偶像,你的行为一直激励着我。"警察同学说,"这次来,是有什么要紧的事吗?"

"我想向贵所借取一份半年前的档案,不知道方便否?"张川说。

"这是小事一桩,我已经向所里说过了。不过,如果你不嫌麻烦的话,也可以直接随我去资料室查找。"警察同学说。

张川心想,也好,也许会碰到意想不到的东西,可以一并看看。

他们俩进了资料室。时日漫长,派出所院子中那棵泡桐树的影子开始拉长了,找了近三个小时,就是没有找到张川需要的档案,他们只得从资料室出来。

"你确定所有资料都在这里了吗？"张川问。

"所里所有的资料都在这里，这个我可以向你保证。"

张川点点头，奇怪了，为什么就是没有王心玫煤烟事件的档案呢？他扭头向老同学问道："半年前，在岩滩路，一个大学毕业不久的女孩煤烟中毒，疑似人为，这件事你记得吗？"

"嗯，对，有印象，你一说我想起来了。这个事是这样，是那姑娘租房的房东报的案，我们的警员赶到现场后，发现那姑娘已经昏迷。对现场勘察后，警方初步判断是故意伤人，也试着追查过凶手，但没过多久，受害人却打电话给警方，说那只是一场意外，不让调查了。因为这个，警方并没有立案，所以也就没有档案。"警察同学说。

"原来是这样，怪不得找不到。"张川说。

"不过半年前勘查现场和进行调查的两名警察还在局里，你可以打听一下！"警察同学说。

"那有劳你请一下他们。"张川说。

当时负责煤烟中毒事件的两名警察口述的内容，与张川从房东那里得到的信息基本一致，在他们赶到时王心玫已经深度昏迷，她的脸看上去很轻松，并没有流露出痛苦挣扎的表情。她床头柜上的安眠药片剂说明她在睡前服了安眠药，但屋子里没有打斗的痕迹，加之后来当事人不愿意再追究这件事，警方也就作罢！

从岩滩派出所返回的路上，张川拨通了房东给的王心玫男友的电话号码……

## 第十八章  齑粉

胡洋这边的线索再次中断,手头掌握的资料实在有限,而且目前的证据表明,杨富贵并没有作案时间。虽然张川说杨富贵有可能之前就认识王心玫,但胡洋为了避免打草惊蛇,还是没有将这件事告诉杨富贵。而另一方面,如果此案的凶手不是杨富贵,那就意味着还有另外一个人。但如果是杨富贵,那他一定还会有百密一疏。

胡洋始终觉得夕月旅社案发的301房间有什么被忽略了。

案发二十多天后,胡洋再次进入夕月旅社,在老板的陪同下进入了301房间。

房间的墙面上、地面上除了一些东西被燃烧过的痕迹外,还蒙上了一层厚厚的灰尘,窗玻璃破碎,这些天来,房间几乎就是裸露在外的,空气中的尘土自然而然飞进屋子,落了一地。

那里曾经摆放过一张床,这是夕月旅社的固定摆设,残损的木床腿,被褥燃烧后黏在地上的干壳状的灰烬,靠着床头的一角也有一堆布料燃烧过的灰烬,依稀看到破损的衣角。张川曾说,那里曾经是一个挂衣架,而当时王心玫的衣服都挂在衣架上,王心玫是在没有穿衣的状态下被杀的。可是火源在哪里呢?凶手是用打火机点

## 第十八章 齑粉

燃屋子的吗？

要找到火源对胡洋来说，并不是什么难事。屋子的陈设简单，桌椅、沙发内部、床都是木质的，而床上的被褥、窗帘和衣物是布料的，沙发外部是人造革。最容易点燃而且第一时间可以将人烧成焦炭的，一定是布料，而布料最多的是床上。

胡洋从老板的房间找来一根棍子，翻拨着曾经摆放床的位置的那堆干胶状的灰烬。那些灰烬黏在烧坏的短木上，在这些干胶状灰烬和烧毁的床腿底下，胡洋发现了一撮一撮的白色粉末，看上去那是这屋子燃烧最充分的部分，那是些什么呢？凶手会不会最先点燃的就是它呢？

胡洋用塑料收集袋将白色粉末小心地收集起来，这时候站在一旁的老板问他："请问警官，这个案子什么时候能破？我这里什么时候才能正常营业啊？"

胡洋看着一脸无辜的老板，他没有说话，只是抬头又看了看窗外，301房间的玻璃已经全部在大火中碎裂了，他一眼就看到了这家旅社背后的远山，山上的田地里有农民在耕作，而临近夕月旅社这一带的是一大片玉米地。

回到公安局，胡洋将收集来的白色粉末交予检验科检验。胡洋想起刚刚在夕月看到的农民，此时他又联想到在山里种菜养花的杨富贵，他想不出杨富贵是出于哪一种心情，才突然种起菜来。但看他的样子，是准备长久地住在山里了，之前他有过这样的想法吗？如果他犯罪了，选择逃跑对他来说不是更安全吗？况且，现在警局对他的监控已经撤除，他完全有理由离开西洲县的……

他原想，随着时间的推移和证据的不断发现，案情会越来越明朗，没想到却恰恰相反。

胡洋给张川打了个电话，说了一下这边的情况。

"如果杨富贵不是本案的凶手，那就意味着还有一个人，现在夕月旅社当晚旅客的嫌疑已经基本排除，那会是谁呢？"张川气喘吁吁地说，听上去他好像是在赶路。

"我今天又去了一趟夕月旅社，也没什么新的发现，带回来了一包粉末，交给检验科检验，现场能找的证据现如今我们都已经掌握。那老板问我什么时候可以结案，他等着开业呢。我没说什么。我原是想说我们比他还急呢，刚刚局长叫我过去，又催促上报此案的进展情况了。"胡洋摇着头说。

"这边的情况就我刚刚给你说的，详细情况等我回来汇报，麻烦你打个案情进展报告上去，我这会儿赶车，要去见一个重要的人。"张川说完这话，就挂了电话。

胡洋在办公室里写完报告，去局长办公室，局长签字后让公安局的警员带去上呈市局。中午时分，检验科打来电话："很奇怪，我们经过检验，竟查不出这是什么东西被焚烧后的灰烬，我们从没有遇到过这种情况。"

"那就怪了，我以为就是普通的衣物布料燃烧的灰烬，这样看来，这个东西很可能是此案的重要证物，务必要查清是什么。如果需要其他技术组参与的话，我立马安排。"胡洋说。

"好的，那就有劳你联系特别技术组的人员协助一下我们。"电话里说。

特别技术组是由省公安厅从全国科研机构遴选的精英人才组成，相当于一个大型的智库，这些人平时都在全国各地的高校做学

## 第十八章 斋粉

问,一旦有案子需要他们,他们会第一时间赶来协助。不过二十年了,西洲县公安局从没有请过这些人参与破案。

胡洋将请求特别技术组协助的报告向上级呈报后,马上得到批复,第二天特别技术组就到了,立马协助检验科对白色粉末展开鉴定。

没有其他的事情可做,胡洋在办公室里坐等白色粉末的检验结果。

而就在前夜,张川从岩滩派出所回来的路上,他给王心玫的男友打过去了一个电话。

"您好,请问您是刘安吗?"

"嗯,我是,请问您是?"电话里是一个比较清脆的青年的声音。

"我是西洲县公安局刑警二中队的,我叫张川。我想向您咨询几件事,不知您是否方便?"

"嗯……没事的,方便,您请说吧。"刘安说。

"因为情况比较复杂,我想当面跟您交流一下,不知道您在哪里?我过去找您。"张川进一步说。

"我现在在成都,工作日单位比较忙,这样吧,明天周末,您明天过来,地址是……"

张川看着手上抄下的这个地址,猜不出这个叫刘安的王心玫的男友是怎样一个人。

## 第十九章 恋人

十四个小时的车程,张川在夜色中抵达成都,他按照地址找到了那家房地产公司的办公楼。

门开着,张川敲了敲门,里面应了声"请进"。

"您好,张川。"张川出示了他的证件。

"您好,"他上前与张川握手,"我是刘安。"

入座后,张川开门见山:"是这样的,我这次,是为西洲县南镇黄龙湖5月25日发生的命案来的,向您了解一些情况,冒昧打扰您,非常抱歉!"

"噢,我能做些什么呢?"刘安问。

"5月25日,在黄龙湖夕月旅社里,有一名女性被杀,经我们调查,得知这名女性名叫王心玫,是南镇牛家村人。"张川说话的时候,注意到刘安的眉头微微皱了一下。

"嗯,这件事我知道,王叔叔告诉过我……"看起来刘安有些低落。

"听说王心玫是您的女朋友,是吧?"张川继续问道。

"曾经是。我们在同一所学校,毕业一年多后,我们就分手

## 第十九章 恋人

了……"刘安说。

"你们的分手,与那场煤烟中毒事件有关吗?"张川突然问。

张川觉察到,刘安看向他的那双眼,瞳孔突然放大了,显然刘安没有想到张川竟连这个也知道。刘安点点头,又低下头去说:"我这份工作,东奔西跑的,我们注定聚少离多,她只能经常一个人,独自面对生活上的困难。我是为她好,她跟了我,只会受苦,煤烟中毒就是例子,所以,她康复后,我们就分手了。"

"哦,听说当时她中毒情况很严重,是吗?"张川只能顺着刘安的话向下问。

"我也不知道究竟是怎么回事,那也是我第一次知道,原来我不在的时候,她经常借助安眠药才能入睡。那次是药物过量,加上煤烟中毒,送当地医院时,医生做了血检。"刘安说,"医院说,血液中一氧化碳浓度太高,恐怕有生命危险,医院不愿接收,建议我们转院,我们这才转到了外地,但总算是有惊无险。"

"你们分手后,有没有再联系?"张川问。

"分手后的前几个月,她经常往我这边跑,有一次还喝醉了。她一个人在外我也不放心,最后我把她送到了她父母身边。"刘安说,"再之后我们就没有联系过,倒是她父亲偶尔会和我通电话,听说她也一直没有谈男友……"

"王心玫在黄龙湖遇害的事,您是什么时候知道的?"张川继续问。

"前些天吧,具体时间我不记得了,是她爸爸打来的电话,听了这个消息,我很震惊,不敢相信。但叔叔说,尸体被烧焦,他们已经领回来下葬了,对了,电话就是心玫下葬第二天打来的。"

"哦，是吗？怎么会不震惊呢，毕竟你们曾经是男女朋友。"张川说。

"是啊，有些感受是说不清楚的，若不是因为工作的缘故，或许我们不会分手，但谁又能料到呢？"刘安说。

"那么在您的印象当中，王心玫父母是怎样的人？听说她父亲患有传染病，是吧？"张川问道。

刘安皱着眉头，他看起来一脸困惑的样子："在我的印象中他们和蔼可亲，是慈父慈母。至于王叔叔有传染病的事，我倒不是很清楚，说实话，今天也是第一次听说。"

不出张川所料，王心玫父亲患病并没有得到证实，这就意味着，他装病的可能性很大。

"岩滩路75号，我前天去过，那是你们曾经住过的地方。那地方变化很大，之前的一排板房已经拆了，当然包括你们住过的那间房子，"张川观察着刘安的表情，"时间过得好快啊。"

"迟早会被拆的。"刘安缓缓地说，呈现在张川面前的，是一张平静如水的脸。

"前段时间我也见到王心玫父母了，当时他们准备外出。我想有空的话，您可以去看看他们，他们或许还沉浸在失女之痛中。"张川暗暗地试探了下。

"会的，有空我会去看他们……"刘安静静地说。

张川看着一派恢宏的办公室，在这儿办公的刘安看上去也是个十分精干的人。"您大学学的是什么专业？"张川随便问了句。

"土木工程，毕业以后好不容易才找了对口的工作，这才常年东奔西走，今年以来，才稍稍有所缓和。"刘安说。

## 第十九章 恋人

"说句题外话,我想知道您对黄龙湖这个案子有什么看法?或者你们分手那段时间,王心玫有没有向您提起过什么人?"张川问。

"很可惜,心玫她还很年轻……如果可能的话,我当然希望能够早日抓到凶手……不过,她跟我在一起的那些时日,并没有向我说过什么特别的人……"刘安边想边说。

"那么,有一个名叫杨富贵的男人,您听过没有?"张川问。

"嗯,当然知道。听心玫说那人是她老家的一个朋友,他们关系不错,不过我倒没见过这个人,只是心玫住院期间听她提到过。"刘安说。

"哦,那么杨富贵曾被怀疑与王心玫煤烟中毒有关,这件事您知道吧?"张川继续问。

"这件事我是知道的,那是一场误会,后来解释清楚了,也就过了,应该和你们警方了解的一样。"刘安说。

张川起身,跟刘安握手道别,说以后有什么事还会再联系,另外如果想起什么与王心玫有关的或者她曾经提到过什么人,请第一时间告知。刘安点头,相互道别。

张川离开了大楼,坐火车赶回南镇时已经是第二天早上七点。6月的南镇拉开了大自然的一片浓郁的绿色,尤其是早上,街上还没有多少行人,远山染有一种深黛色,近处的白色房子看起来是一派北国难见的景象。张川从车站出来,走上街头时才发现已经许久没有留意过季节的变化了,自5·25案案发算起,已经快一个月了,如此漫长又不见起色的侦破过程,可谓虚耗着匆匆人生的太多光阴。

张川准备踱进十字路口一家早餐店吃点东西时,电话响起,电话里胡洋说:"由特别技术组鉴定的白色粉末有结果了。"

张川靠着早餐店一角的桌子坐下:"说说,有什么收获。"他对着电话里的胡洋说。

"特别技术组经过化验分析,得出白色粉末来自一种纯度极高的白磷,但是具体是什么东西燃烧后的却检验不出……"

"白磷,易燃的白磷,"张川喃喃自语,"哦,这就意味着所有人都有作案嫌疑……不对……不在场证明……难道是……"

"怎么了?张川?"胡洋在那头问,他刚才的话让胡洋摸不着头脑。

"胡洋,你小子立功的时候到了。杨富贵完全有下毒的时间,还有点火,即便是他离开几个小时后,他也可以做到,你可以仔细盘问他了,看他这回还有什么话说。"张川说。

"是的,我是准备向他盘问,甚至都想逮捕他,可是还有一个疑点,刀……"胡洋说。

"对啊,刀,刀究竟是怎么回事,法医从血迹上判断的刀伤时间是晚上十二点,而且,刀又被带出去了,这段时间杨富贵是不在的……不对,他会不会再次返回夕月旅社……如果那样的话,在一点钟前作案,然后趁乱逃跑……可是,如果是这样的话,得有新的证据证明才行……"张川急切地说着,胡洋也感到了气氛的紧张。

"是的,还需要新的证据,可目前没有证据证明杨富贵二返夕月。"胡洋失落地说。

"不过,你也不用担心,我从王心玫大学时候的男朋友处,得知了一个消息:杨富贵和王心玫是认识的,杨富贵是王心玫老家的朋友,他俩有可能关系还不一般。这个消息或许能够给你提供帮

## 第十九章 恋人

助。"张川说。

"关系不一般？会不会曾经也是男女朋友？"胡洋说。

"这个不敢肯定，但是从王心玫男友去成都的那段时间，杨富贵找过王心玫两次这个事实来看，他们确实关系不一般，但他却隐瞒了他与王心玫认识的事实，就说明这其中一定有问题。"张川说。

"那么，会不会是王心玫在岩滩的房东或者刘安说谎了呢？"胡洋反问道。

"不是没有这种可能，但我想现在可以敲一下杨富贵，如果他们的说法对立，那么其中肯定有人说谎。说谎的这个人，一定心里有鬼，我们就可以从这里突破了。"张川说。

"好，那我试着去敲敲他，不过实在不忍心再去打扰他了……哦，还有，王子尧夫妇那条线你是真放弃了吗？"胡洋问。

"什么都瞒不过你，他们夫妇现在的地址我这边已经摸清楚了，如果有必要的话，我们这边会展开问话。"张川说。

"你从一开始就没打算放弃这条线？"胡洋说。

"从没有想过放弃！"张川坚定地说。

"好，我知道该怎么做了。"胡洋挂了电话。

张川吃完早餐，赶到中队门口时，远远地看到了小陈，他心里嘀咕："看来一分钟也闲不下了呀。"

见面后小陈说："您去兰州和成都的这几天，我们按您的指示走访了杨富贵曾经就读的高中，并从班主任和同学那里了解了一些情况，有些收获，领导让我在门口接您，顺便跟您汇报工作。"

张川出了一口长气，心想这一口气还没接上呢，这工作真要人命啊!

"说说,都掌握了些什么?"在办公室的椅子上坐定后,张川对小陈说。

"杨富贵高中时候品学兼优,高考后却突然不告而别,离家出走,因此导致家人难以接受。您之前怀疑杨富贵在高考前的那段时间里一定经历了什么,我们按照您的指示,分别走访了杨富贵的高中班主任和当时与杨富贵走得近的几个同学,确实有意想不到的收获。"小陈得意洋洋地说。

"别卖关子啦,查到什么了,快说!我刚下车,这会儿还晕着呢,你要是再吞吞吐吐,我保不准会睡着哦。"张川说。

小陈嘿嘿一笑:"这不是希望您知道,我们在您离开后并没有偷懒嘛。"

"我们走访的第一个人是杨富贵的高中班主任,这个班主任姓马,他说在他的印象中,杨富贵一直是一个懂事的孩子,而且门门功课全优,这孩子平时看起来不善言谈,与别的同学很少闹矛盾,因为他上高中那会儿个子是班级里最高的,他一直都坐最后一排。按理说他应该会考一个不错的学校,可是因为成绩没有达到录取分数线,那年他报的那所学校并没有录取他。或许是他早料到高考成绩不理想,所以也就有了离家出走的打算。但是说实话,当大家得知他离家出走后,几乎全校所有的师生都感到震惊,至少在班主任的心里,这种事是杨富贵绝对做不出的。"小陈说。

"后来我又向班主任打听,杨富贵有没有在老师或者同学之间提起过他的家庭,马老师说杨富贵平时很少说话,根本没人知道他家里的情况,但有几位同学与他家是邻居,都说杨富贵家教很严,又说他父亲并非他的亲生父亲。不过马老师说他倒觉得这样的教育应该能够理解，而且比其他家庭好得多。"

"在我们向马老师问及杨富贵与班里哪些同学走得最近时，马老师说杨富贵在这一点上有缺陷，他确实缺少与人交流的能力，很少有亲密的朋友，但是又与所有同学相安无事；而当我们问到杨富贵与异性相处的一些问题时，马老师说这方面他不是很了解。"

"班主任的话在杨富贵的同学中得到了印证，我们通过班主任联系到了当年与杨富贵同班的几个同学，如今他们都已经成家，我们和他们相约在学校的办公室见面。从同学的口中，我们得知杨富贵是一个成绩优异，懂事而不善交流的人，这和从班主任那里得到的信息完全一致，但是当我们向杨富贵的同学问及他与异性的相处时，其中还是有同学提出了不同的看法。"

"一部分同学说当时没有发现杨富贵与哪个女同学谈恋爱，也有几个同学说，是大家在学校里都不太看到，其实那时候杨富贵与他们班的一个女同学走得很近。有几回在放学路上，他们亲眼看到他俩一同走着，当时他们就觉得蹊跷，杨富贵是个对所有人不冷不热的人，但为什么却与那位女同学有说有笑，经常一起回家。后来他们中的几个好事者从与那女同学要好的同学那里得知，原来那时候杨富贵正在追求那位女同学，后来高中快毕业的时候，还听说两人约好要考同一所大学……"小陈一口气说完了他们的调查情况。

"这样说来，那最终的结果一定是那位女同学考上了他们相约的大学，而杨富贵并没有考上，所以一气之下离家出走了，竟然连家人的感受都不顾。"张川说，"这样想来，也是极其合理的。也许只有爱情，才能冲昏一向理智的头脑。"

"是的,同学们现在都已经长大成人,他们认为当年杨富贵离家出走最有可能与那女生有关。"小陈说。

"那这个女生一定又有不同寻常的故事了,她的情况了解了吗?"

"这位女生,我们并不陌生,她就是上学期间叫王书玫,后来又改了名字的王心玫。"

# 第二十章 青梅

胡洋决定再去一趟西山王家荒宅。这是5·25案案发以后他第四次上西山，也是他第二次拜访杨富贵。

背心，老路，竹林，后院，不同的是，院子里花已经全开了，蔬菜也长得异常茂盛。这一次，胡洋看到杨富贵正坐在院子中那棵大杏树下的一条板凳上乘凉，他手里拿着一顶草帽，裤腿卷得老高，俨然一位老农。

"有好茶吗？"胡洋一进院子就喊。

杨富贵起身，笑脸相迎："好茶有，这几天还想起您，本想有空送二两到您那里，还有我这一园子的菜，现在长得正好呢，就愁没人吃。这可比山下城里卖的好得多，纯天然、无污染、绿色健康。"

胡洋笑着说："哦，有这么好？"

杨富贵迎胡洋进屋子："您可别不信，就这园子，还真是一块种菜的好地儿，土壤挺肥的。不知道原来那家人为什么要舍弃这园子，说实话我是真舍不得，我种了四五样蔬菜，眼看着它们往上蹿，光我一个人，吃不消啊！没有上肥料，没有打农药，可别说，准健康！等一下您走的时候啊，一定记着带些回家。"杨富贵笑着说。

杨富贵为胡洋冲了一杯毛尖。"这毛尖啊，是我用菜和茶店老板换来的，说来您可能不信。"杨富贵俏皮地说。

那杯毛尖的品相不错，茶叶片片均匀，柔嫩鲜绿，随着热气在空气中散开，有一种沁人心脾的香气。

"不过，我拉了半车菜，才换回了二两。"杨富贵说。

"看你还挺会过日子的！"胡洋说着喝起了茶，但他却一时间不知道接下来该跟他谈些什么了。

两人无语，差不多三分钟的时间，杨富贵开口了："怎么样，最近案子进展如何？"没想到对方先提到案情，这让胡洋始料未及。

"还是老样子，没有什么进展，这不，才有闲工夫到你这儿来蹭茶。"胡洋知道在没有彻底排除杨富贵的嫌疑之前，他无论如何是不能掀底牌的。

"哦。"杨富贵点点头，两人又陷入一片沉默。

"怎么，你就想着一直这样下去，种菜换茶，推天度日啊？"胡洋开始主动出击了。

"可不是？还能怎么样。"杨富贵笑着说。

"没想找一个心意相通的，一起过？你现在还年轻，总不能这样一辈子……"胡洋说。

"如果不想，反而就放不下，可如果想，那又会如何？我这样的人，一个人过就行了，多一个人，只会多一份无奈。"杨富贵突然异常悲伤地说。

## 第二十章 青梅

"很少了解你的感情世界,听你的这些想法,倒觉得你曾经经历了不少,有一些事令你放不下,对吧?"胡洋开始触及核心。

"怎么说呢?那都是很久以前的事了……"

"不好意思,让你想起一些不愉快的事。"胡洋装出一副道歉的样子。

"没有,倒不是不愉快的事,反而可能是我这一生最快乐的时光。如果您不嫌我唠叨的话,我倒是很愿意跟您分享这些,对我来说,也不是什么秘密,反而觉得是一种负担,或许说给别人听,自己也会轻松些。"

"洗耳恭听。"胡洋微笑着说。

杨富贵给胡洋的杯子里添上水,又坐到自己的椅子上,一脸严肃地开始了他漫长的回忆:

"那是我上高中二年级的时候,我从乡下转学进城,我的父母很重视我的学业,也随我进了城。就在西洲县,父亲白天在工地打工,母亲则为我做好一日三餐,他们二人整天围着我的学业转,想让我考一所好大学,以此来改变家族的命运。

"那时候我在学习上非常努力,我怕我一旦考不出好成绩会令父母伤心,我在课堂上不敢马虎,正因如此,我的成绩还算优秀,每次考试都排在全班的前三名。可尽管如此,父母对我的期望我还远远没有达到。在上高二那年的春天,父母就限制了我的课余时间,我每天都在学校和父母租来的房子之间两点一线奔跑,从来不敢懈怠。

"我知道认识她,是我命里注定的。转到那个班几星期了,班上没有一个同学愿意和我说话,突然有一天,从别的学校转来一个女同学，她坐在了我的前排。她来那天就转过身跟我说话，问我家在什么地方？是什么时候来这所学校的？我没有搭理她。我知道许多时候我身上的这道屏障一定能够阻挡外界的一切，无论他们是怀着真心或者假意，我都不愿意跟他们说话交流，我的心里藏着一个卑微的自己，藏着一个阴暗的自己，我不想让他们看到那样一个渺小的我。

"那女孩摇着头说：'没关系，反正以后就是同学啦。'那天放学后，女孩一直叽叽喳喳地跟我说话，一路跟着我，快到我家门口了，我转过身对她说：'怎么，要一路跟到我们家去吗？'她笑着说：'不会啦，现在知道你住这里了，其实我们家也挺近的，就在你家对面，那个山坡上。'她指着不远处山坡上的一座白色房子说。我看了一眼那个山坡说：'早点回去吧，你爸妈会担心的，记住，以后别乱跟人。'然后就转身离开了。余光中，我看到她转身走上了对面上坡的路。

"有一天，课堂上，她突然转过身对我说：'你知道你像谁吗？你特别像一个人，杨过，《神雕侠侣》里的杨过。'我没有搭理她。从那以后，她一遇到书本上的疑难问题，总是拿来问我，我怕给别人留下一个不会解答又傲慢的话柄，也就硬着头皮给她指导，渐渐地，我们有话可谈了。

"最初是谈起各自家乡有趣的风俗，后来又谈到各自的家庭。她是她家的独生女，她的父亲在政府部门工作，母亲身体不太好，她从乡下转来，也是父亲的意愿，因为父亲的工作在城里，这样方便照顾她们母女俩。

"高三以后，我的父母亲对我更加严厉了，我所有课余时间都被剥夺了。从学校到家里十分钟,是我唯一珍惜的快乐时光。回家以后就必须得做作业,做很厚的复习资料,那些天不管在学校还是在路上我都急匆匆的,很怕和她说多了话耽搁了时间。夏天一到,我在我们家租的板房里待不住了,就把书桌搬到了院子里一棵大柳树下,在那棵树下复习。

"有一天,我在院子中的那棵大柳树下做作业,偶然一抬头,看到山坡上,那座白色房子的院子里,那个女孩正在看我。我看到她痴痴地看着我,心里泛起一种说不明白的东西。再后来,我每次在院子中复习,都能看到山坡上女孩的身影,她曾告诉我,她就在不远的地方,无论我走到哪里,她都陪着我。

"于是,山脚下和山坡上,一个男孩和一个女孩,两沓复习资料,复习时两个人都低头复习,累了时,便四目相对。

"几个月后的一天,她告诉我,她母亲突然病重,她要随父亲去一趟外面的医院,给母亲看病。那些天,我总忍不住望向山坡上那座房子,可是那个院子里一直没有女孩的身影。

"一周以后,女孩回来了,回来后她一下子变得沉默寡言了,整个人看上去也消瘦了。我问过她出什么事了,可她就是不说。她上课总是心不在焉,老是望向窗外,我觉得那样下去一定会影响到她的学业,有一天在回家的路上,我终于忍不住问她,是出什么事了吗?说出来或许会好受一点。没想到她一下子扑过来,搂住我的肩膀哭了起来。她的身体在颤抖,我感觉她可能承受了她不能承受的压力。终于,她说,去外面检查,她母亲得了癌症……

"那天我和她在路旁坐了好久才回家,是啊,让一个十五岁的女孩子承受母亲身患绝症的压力犹如用肩膀挑起千斤巨石。可即便如此，那天以后我在院子里抬头，又能看到女孩熟悉的身影了，她说过，无论结果如何，我们俩都要努力。

"在那棵大柳树下，我经常举目远眺，我看到那个日渐消瘦的身影，她还在那里为山下的我而存在。即便夏夜炎热，我在树下掌灯夜读的时候，山坡上那座白色房子的院子里，也会亮起一盏灯，我看到了那盏灯下，那双望穿时间的眼睛……

"我们曾偷偷地商量将来要考同一所大学，我们曾偷偷地约定，我将来非她不娶，她非我不嫁。我们曾深深地憧憬过未来，我们曾设想过有一天一定并肩在长河边看绯红的夕阳……可是，那些约定都过于奢侈，那些约定都是经不住时光的泡沫……那一年高考，她顺利地考上了我们约定的大学，而我，却落榜了。我既无颜面对我的父母，也无颜面对她，那是我人生的低谷，在高考过后，还没有等到发榜，就已经知道了结局的我，在一个深夜，与我深爱的地方不辞而别……"

## 第二十一章 手术

中午时分，张川在办公室整理资料，他原本想重新梳理一遍案情，办公室的电话却响了。

负责跟踪王子尧夫妇的小赵在电话里说，王子尧他们现住在北京四环以外的某小区临时租用房里，那是个五十平方米的房子。他们最近观察到，王子尧这些天外出比较频繁，看起来他妻子的病情加重了。另外发现了一个特别情况，今天早上突然有个人来到了王子尧夫妇的住处，这个人的照片他们会马上传到张川的手机上。

挂了电话，张川听到手机响了一声，他随即打开手机，看到了手机上一张熟悉的脸。

小赵发来的是刘安的照片，张川算了一下时间，从成都出发去北京，和从成都出发到南镇，这样算来，刘安是和他前后脚离开成都的。"他和他们夫妇还有着密切的联系，难道不是吗？"张川自言自语，"对这个人曾说过的话，需要进一步求证才是……可是他给人一种有非常强的戒备心理的感觉，怎么说呢，就像是砌起了一座厚厚的堡垒，或者说对任何进攻他都穿着一件坚不可摧的防弹衣……也难怪，他本来就是学土木工程的，对于如何坚固地防卫，他最有实战经验……那么,接下来该怎么办呢?如何才能攻破这道防线,而让我们看到他堡垒里隐藏的秘密呢?"张川躺在沙发上,陷入了沉思。

大概十分钟的样子,他拿起桌上的电话,按了回拨。

"小赵,现在密切监视他们夫妇的动向,并且不能让刚刚出现的这个人离开我们的视线,如果有困难,立即请示,这边会第一时间部署增援。"

"好的,老大,目前还没有什么困难,保证完成任务。"

中午一点钟,小赵看到刘安从被监视的王子尧夫妇的房间里走出来。他跟踪刘安来到附近的一家超市门口,十几分钟后,刘安从超市出来,手里提了两大包东西,随后他又去了附近的饭店,不到两分钟他又从那里出来,并没有吃饭,手里也没有增加什么东西,这前后花去了不到二十分钟的时间,刘安又返回王子尧夫妇的房间。

中午一点半,小赵看到一辆救护车停在了小区楼下,几分钟后,刘安背着一个人从楼道里出来,进入了救护车,王子尧紧随其后。刘安背上的那个人看上去头发蓬乱,看不到脸,是王子尧的妻子无疑。

他们跟踪那辆救护车进入市区的一家医院,车上下来的人被送进急救室。王子尧和刘安就在急救室外等着,足足有一个小时的时间,他们没有说一句话。

一小时后,急救室的门开了,大夫走出来,让他们签字,王子尧在上面签了字,看样子病人应该脱离了危险。不一会儿,急救

## 第二十一章 手术

室的门再次打开，刘安和王子尧上前推着病人走进了一间病室，看来，虽然已经脱离危险，可还得在医院里待一段时间。

没过多久，刘安从那间病室出来，走下楼梯，在医院的一楼排队，十分钟后，他在那里登记，刷卡，然后拿着一张单子离开了，那个窗口写着手术挂号处。

看来王子尧妻子的病情严重恶化了，这一次，需要做手术了。小赵给张川打电话，电话通了，却没有人接听。

小赵他们去了医院的保安处，向保安们出示了证件，在保安的协助下，他们将目光定格在503病房的视频监控里。

病人一直昏睡不醒，小赵在监控里看到两小时里，护士已经为她换了四瓶点滴。液体顺着软管流进了她的右臂，而另一只手始终被王子尧紧紧拽着，王子尧的头也深深地埋在病床的被子里。好多次，小赵看到了王子尧身体在微微颤抖，刘安在一旁的椅子上坐着，他将头扭向窗外，看上去似乎有好多纷乱的思绪扰乱着他，偶尔看到他严肃而忧思的侧脸。

晚上七点，王子尧的妻子输液完毕，护士从她的手臂上拔下输液器，王子尧又将那只手轻轻掖在了被窝里。病人没有苏醒，一脸安详，没有异样。

王子尧对刘安说了几句话，刘安摇了摇头，随即又打了个电话，几分钟后，有送外卖的进入楼梯，又在503重病监护室出现，三份盒饭，外加一大碗汤。王子尧没有吃饭，刘安胡乱扒拉吃了两口，后来王子尧也吃了两口，其中一份盒饭，始终没有人动过。

那一夜，三个人始终保持着这样的姿态，一个躺在床上，一个紧紧拽着病人的手，而另外一个，坐在椅子上一直望着窗外的夜色。

　　早上七点钟，护士进来了，为病人量了血压以及抽血，拿去化验。八点多钟的时候，又有护士进来，众人抬病人下床，放在平车上，几个人将病人推着，进入五楼电梯，电梯爬上七楼，平车被推进手术室，手术室的灯一下子亮了。站在外面的王子尧和刘安死死地看着"手术中"三个字，一副不知所措的样子。

　　期间刘安去了一趟卫生间，在进入卫生间时，他掏出一支烟，点着了。王子尧坐在手术室门外的长凳上，头快要低到两腿之间了，小赵完全能够感受到从监控画面里传出来的一种撕心裂肺的绝望气息。

　　手术进行了三个多小时，十一点半左右，手术室的门开了，从门内走出一名大夫，王子尧匆忙迎上去。大夫对王子尧说着什么，王子尧连连点头，在一个本子上签了字。几分钟后，病人被护士们推着从手术室出来，刘安也迎上去，将病人推进电梯下楼，又回到503病室。液体源源不断地输送进她的身体，病人还是没有醒来的征兆。

　　小赵去了一趟医务室，找到了那位手术的主治大夫。"503房病人的手术还算成功，病情暂时是控制住了，现已经脱离了生命危险，不过她的病情不容乐观，癌症已到晚期，我们也只是尽一切所能来延续她的生命……"王大夫说。

　　"她还有多长时间？"

　　"最多维持一个月的时间……"

　　"那么，她之前一直在这里治疗吗？"

　　"她的情况我们还是比较了解的，说来她在我们医院接受治疗

## 第二十一章 手术

也有半年多了吧。唉,这个人的命不好……"大夫说。

"王大夫何出此言?"小赵追问道。

"她刚来我们医院接受治疗时我们就看过她的病历,由于她体质的原因,她不宜生育,所以年轻的时候做过节育手术。不过大多数女性都在年轻时做节育手术,这也没有什么,可是听这个女病人的丈夫说,她太喜欢孩子了,在快四十岁的时候,她又做了一次手术,将已经结扎的输卵管接上,后来又冒着生命危险生了孩子……你想想看,那是人的身体,即便是机器也经不起这般折腾……后来癌细胞扩散,虽然没间断过治疗,可终究是油尽灯枯,耗完了她的一生啊!"

小赵听着,后背不由得生出许多冷汗来,人的生命,竟可以坚韧到如此地步,实在是难以想象。

"您是说她一直在坚持治疗对吧,这样的治疗需要大笔的医药费吧?"小赵又问。

"那是肯定的,长期服用的药物多是进口药,费用很高,真不知道,她这样的家庭,是如何坚持下来的。"大夫疑惑地说。

小赵返回保安室,从监控里看到,503病室的病人已经醒了。刘安正在门口的面盆上淘洗着一条新毛巾,用开水泡完,又仔细地洗了一遍,递给了王子尧。王子尧拿着毛巾擦洗病人的脸、胳膊和手,刚擦洗完的脸上,病人又流出两行泪来,于是王子尧又用湿巾擦……刘安又递了一杯开水,王子尧拿着水杯,让病人喝了一口。又有护士进来为病人换药。

刘安低头看了看时间,对王子尧说了句话,又拿起手机打了个电话。几分钟后,有送外卖的进入楼梯,和昨晚一模一样,不同的是，这回送来的粥羹多一些。刘安为病人盛了一汤碗羹，他让王子尧休息一会儿，自己则坐在病床前给病人喂起来。

估计有一天多没有吃饭了，病人却只吃了几勺汤羹，就摇着头不吃了。王子尧和刘安也吃不下，那送来的外卖，大部分都原封不动地放在桌子上。

大约两点钟的时候，又有护士进来，给病人换上了新药，又跟病人说了几句话，当时病人看上去脸色红润了些，还开口微微笑了下。王子尧对刘安说了句话，刘安点头。刘安又在病床前站了一会儿，对病人说了几句话，后来他走到桌前拿起包，准备离开。临行时，他从包里取出一张银行卡，递到王子尧的手上，又说了几句话，向门口走去。王子尧紧随其后，走到门口，看着刘安离开。

刘安进入电梯，下了五楼，从住院部出来，走到院子中，他回头向身后那栋楼看了看，然后胳膊紧了紧腋下的包，穿过中心花园，正准备迈开步子从医院花坛旁边走出医院，抬头的一瞬间，脸色却一下子变得煞白，整个人跟跟跄跄地向后退了一步。

张川正从那所医院的花园中走进来，他步履稳健，目光如炬地盯着刘安。

## 第二十二章　幻觉

胡洋再次从杨富贵那里无功而返，当他向杨富贵再三确认5月24日是否是第一次见王心玫时，杨富贵肯定地说，确实是第一次见，在此之前，他们并不认识。为了让胡洋放心，他把那天见到王心玫的过程叙述了一遍。

"这并没有什么秘密，当然，如果我的故事能够帮助您破案，并让您不再疑惑的话，我愿意详细地讲给您听。"杨富贵说。

"那是我五年来第一次回西洲县，我不知道这次回来，这个所谓的故乡还能不能接纳我。我也不会乞求别人的原谅，当然，包括养我长大的父母，我知道，这么多年，他们早已经不把我当儿子了，何况我原本就不是他们亲生的。我只是想回来看看，在外漂泊得久了，才懂得心里那个永远也填补不上的空白，有着怎样的空虚。

"但我不可能再回北镇了，即便那里有我的养父养母。我也不想去找我的朋友，我原本也没有什么朋友。我回来的那一天已经是晚上，第二天我起得特别早，就像一个人永远也不愿意打扰到别人，或者也不愿意让别人发现我的存在似的，我在没有几个行人的街上游荡，我去了我曾经读过书的学校门口。五年了，那里小卖铺的主人也都变了。

"陆陆续续有学生到来，我想在人群中找出一个人，但是不可能了。看看我自己的模样就知道，这般苍老，五年的岁月把一个学生磨砺成了粗糙的男人，我的眼睛四处寻觅，可终究没有一个地方能够让自己停留。我从学校门口往回走，仿佛时光倒流，我的身旁还走着一个人，她拍拍我的肩膀，说：'嗨，好久不见。'我转过身，却只感受到流逝的风刺痛着我的双眼。我继续往回走，经过了那时候常去的游乐场，那时候我经常在游乐场外倚在栏杆上看里面滑旱冰的同学。我又经过了那家破旧的小卖铺，奇怪的是，它竟然还在，那个女孩又冲到了我的面前：'给，大热天的，来一个。'她递给我一根雪糕，那是我平生吃到的最甜的雪糕。

"我又往回走，早晨的第一缕阳光已经照在了那面山坡上，我的眼前是一片金色的炫光，我揉了揉双眼，以免又被眼前的一切干扰而产生错觉。顺着河堤，我找到了走上山坡的那条台阶，台阶的缝隙中长出了经年累月的青苔和青草。我沿着台阶往上走，一个一个，我数得很清楚，一共有一百零五个台阶。因为是早上六点多钟，在这条台阶上我没有遇到一个人，待我走到台阶的顶上，看到横着延伸有一条小路。我走上小路，向右走去，一座白色矮墙的房子出现在眼前。

"院门紧闭，我敲响了那家的门，出来一位老太婆，看上去步履蹒跚，拄着拐杖。我向她打问之前曾住在这个院子中的一家人，老太婆却告诉我，早在五年前就已经从这里搬走了，再没有回来过。

## 第二十二章 幻觉

"没有什么是可以永恒不变的,别想着回过头去寻找待在原地的事物,那永远只是刻舟求剑。也许,那是我早已料到的事实,可我为什么不甘心呢?我在院子中站了好久,我向远处望去,准确地望见山坡下的那座院子,院子当中的那棵柳树一如五年前一样,长得郁郁苍苍。我的双眼涌出泪水,在一片泪光恍惚中我看到那院子当中的柳树下有一个男孩正趴在桌子上做作业,却突然抬起头来望向这边……那时候,就是这对视的两双眼睛,温暖着晦暗的六月。

"可如今他们都不在了,我知道那样的景象不仅发生在刚才,那样的景象,曾经无数次地活在我的梦里,而梦醒之后,我看到我头下的枕头也如那个孩子一样涌出了恍惚的泪水。

"从坡上下来时,我看到街上的行人已经多起来,日光洒遍了整个城市。我下了台阶,想沿着河堤一直走回去,可是走回旅社后又能怎么样?这个世界上,仿佛已经被确认,只有我孤零零的一个人了。但我还想在这条路上多徘徊一会儿,因为也许以后,我再也不会回来了。

"我在滨河路的一家酒馆要了两瓶酒,那是早上,酒馆很安静。我在角落的桌子上喝完了两瓶酒,那是我平生第一次喝那么多,后来我又向服务生要了第三瓶,喝到中途时,头晕晕的,我去了一趟卫生间,就趴在了马桶上排山倒海地吐起来。吐完后从卫生间出来,又跌倒在地上,我隐隐约约地记得有两名服务生向我走来,把我扶到了我原先坐的那张椅子上,我就趴在桌上迷迷糊糊地睡着了。

"我感到浑身燥热,从桌子上爬起来时,太阳已经斜了,恰好照在了我的身上。我看了看时间,是下午三点,胃里空空的,但

"我还是想喝酒，我抓起桌上喝剩的半瓶酒向酒杯里倒，一个服务生抓住了我的手，劝说道'先生不能再喝了'。他从我手中夺走了酒瓶。看起来那么瘦弱的服务生，竟然轻易地就从我手中夺下了酒瓶，可见当时我浑身已经没有了力气。

"我甩下钱，跟跟跄跄地走出酒馆，沿着河堤继续往回走。在我不经意望向河对面时，我惊呆了，在沿着河堤散步的人群里，我看到了她。她挎着一只棕色的小包，穿一条牛仔裤，她走在河堤上，向远处观望。

"当时我的确是惊呆了，刹那之间我又怀疑产生了幻觉，于是揉了揉眼睛，并使劲地掐了一下自己的大腿，我能感觉到疼，不会错的。我朝河谷喊她的名字，她仿佛没有听见，在我连喊了几遍后，她才将脸转过来朝我这边看了看，那一看，我知道，不会错的，就是她。

"我发疯一般地朝河的对面跑去，跌倒了几次我都不记得了，我只想飞到她跟前，我想告诉她，这么久了，我是多么想她。可是当我走到她跟前，我叫她的名字时，她居然不认识我似的，这究竟是怎么回事？她的样子，和五年前没有多少改变，可是她为什么不认识我了呢？我想那时候我快要疯掉了。

"我拉着她的手疯也似的跑，我们沿河堤跑，我指给她我们曾经一起走过的地方。我指给她看对面山坡上的那座白色房子。我指给她那个有着大柳树的院子。我指给她看，她曾经就在山坡上的院子里看着柳树下的我……可是她看上去神情茫然，难道这些年没见，她失去记忆了？

"最后我们跑累了，就坐在河堤边上，肩膀靠在一起看夕

## 第二十二章　幻觉

阳……

"回想那一天发生的事，真的充满了虚幻感，我不知道为什么。即使她失去记忆，也不该把一个酒醉汉的话当真，但事实是，她似乎也沉浸在了往昔之中。

"我想我这样说时，你一定觉得这不可思议，甚至对我说的话产生了深深的怀疑。她告诉我，她确实不是我要找的那个人，不过看我喝醉了，恰好自己心情也不好，就索性陪着我一起疯了。听到她说的话，我确实有些绝望，但那时候的我，实在放不下那副好看的皮囊，我甚至怀疑，五年多来，我已经把那个心目中的她忘记了，才会把一个毫不相干的人误认作她，那时候，我的心头又多出了莫名的罪恶感。傍晚时分，我问她想去哪里吃饭，她说她想去黄龙湖。

"在黄龙湖畔的一个地摊上，我跟她又喝了一瓶酒，她已微微显出醉意，话开始多起来。她说刚开始见到我以为见到了怪人，没承想还是懂情趣的人。看起来她也有好多难言的苦恼，她说你知道吗？今天我为什么这么轻易就让你拉上跑吗？因为今天我彻底失恋了。

"我问她什么叫彻底失恋了。她说就是结束了，完了。

"她说直到现在，她才知道自己喜欢的那个人为什么不喜欢她，他们之间永远也没有可能，因此她深深地绝望，甚至想到了死，但是就这样死去，她永远也不会甘心。

"那天我们游湖结束，已是下午六点，我们原本想住在品如旅社，没承想那家旅社只剩下了一间单间，那女孩说让我住下，她另找。

"我说：'干脆我们另找，同住一家吧！'

"她说：'反正，就是不能同你住一家，你这人如果像今天一样发起疯来，也不知会发生什么事。'

"我嘿嘿一笑，遵从了她的决定。我登记了房间，然后又带她沿着黄龙湖向下找，找到了夕月旅社，她说这家旅社的名字听上去挺有诗意的，就住这家吧。我在附近买来了水果。

"晚上八点多钟，我们两个喝醉的男女相互搀扶着走进了夕月旅社，摇摇晃晃地上了三楼。

"在三楼的301房间里，她醉了，一进门就扶在沙发上呕吐，我找来脸盆，把她的呕吐物倒掉，又顺势让她躺在沙发上。她那天确实喝了不少酒，躺在沙发上喘着粗气，我烧了水用热毛巾擦洗了她的脸和手臂。我怕她喝成这样容易出事，就一直坐在旁边，看到她那张楚楚动人的面孔下，掩藏着难以排遣的过往，那一刻我突然想到，我们同是天涯沦落人。

"晚上九点半，她醒了，坐起身来，她看到我坐在一旁，竟然有点不知所措。人的情感真是奇怪，那时候我看到她眼睛里满是留恋，但我不确定她是否已经将我们的过往都想起来了，又或者，在白天，她故意装作不记得以往的事，是为了考验我，或者是在试探我。那一刻我真有这样的幻想，我真想眼前的这个人说出那一句'其实我什么都记得'。可是我期待的那句话始终没有听到。

"她说口渴，她让我为她削颗苹果。我坐在桌前，为她削好了苹果并递给她，我心里很矛盾，但那时候我只能把眼前的这位当作一个已经失去记忆的她。我还是决定离开，我说：'你早点休息，明天一早我来看你。'正当我打开房门准备离开时，一双手从我的

## 第二十二章 幻觉

身后抱住了我,她抱得是那样紧。我转身,看到她已经泪流满面,她说不要离开她,她害怕一个人,不要让她再一个人……

"她走向窗子,看了一眼外面黝黑的夜色,呼啦一声,拉上了窗帘,房间一下子陷入一片暧昧的光线里。她走向床头,在昏黄的灯光下,缓缓地脱去了自己的衣服,她把衣服一件一件小心翼翼地挂在靠床一端的衣帽架上。我说不要,不要这样。但我还是忍不住看了她一眼,我看到她流着泪,泪水晶莹,在她脸上浮着一层薄膜,而她富有光泽的青春完美的胴体就暴露在我眼前。我摇着头,泪水也流了下来,我说:'你的外表欺骗了我,我以为你是个好姑娘。'可就在这时候,我在一片泪光中看到了我从没有见到过的,我发疯一般地转身,拉开房门跑了出去。那时候,正是晚上十点。

"我看到了她脖颈那里的一颗明显的痣,而那是我一直寻找的女孩没有的。

"我更加确定,我已经忘记了那个我要找的女孩的模样,我真的喝多了酒产生了幻觉,而她的确不是我要找的人。

"第二天早上我听说夕月旅社出事了,到那里后才知道她死了。可我,甚至连她的名字也不知道。"

# 第二十三章 赎罪

"现在可以说说吗？你和王心玫父母的关系。"在北京某医院的花园边上，张川在一张长凳上坐下，而他的对面，刘安也坐了下来。阳光从建筑物的缝隙中照下来，斜斜地洒在刘安的身上，让他看上去仿佛披着一层神圣的金光。

"好吧，事到如今，也没有什么可隐瞒的了，"刘安叹了口气说，"那该从哪里说起呢？"刘安看上去有种要哭的冲动，他闭上眼。

"就从你得知王心玫母亲生病说起吧。"张川说。

"是啊，那说来是不是就话长了呢？难得你对这些感兴趣，不过如果你觉得对当前的案子有所帮助的话，我倒是很乐意详细地说给你听。"刘安有些懊恼地说。

"其实上大学那时候，我跟王心玫刚开始接触时，她就曾告诉过我，她的母亲身患绝症，在老家由父亲一个人照顾，彻底治好是不可能了，家里人在最大限度地维持着她的生命。说来阿姨真是个命苦的人，听心玫说，其实原本她还有个哥哥，六岁时出车祸死了。那时候阿姨已经被诊断出不宜生育，做了节育手术。心玫的父

## 第二十三章 赎罪

亲原本不想要孩子了，他曾无数次地劝阿姨，要不就领养一个孩子也行，可是阿姨太想念哥哥，听说小的时候哥哥是个小胖墩，长得圆乎乎的，甚是可爱。阿姨实在放不下这个孩子，几近思念成病。有一段时间她会抱着哥哥小时候穿的衣服发呆，心玫父亲看到后，将那些衣服全都烧了，可没想到，阿姨还是会抱着枕头，呼唤哥哥的乳名，成天一副痴痴傻傻的样子。

"叔叔带阿姨去看医生，医生说阿姨太想念孩子，得经常带阿姨多散心，或许病情会有好转。就在一边吃药一边接受疏导的情况下，半年以后，她的病情好转，心情也开朗多了，脸上能看到笑容了。突然有一天，她却跟叔叔说：'我们再要个孩子吧，求求你了，没有孩子我觉得我们的生活没有一点儿意义，还不如让我死了算了。'叔叔知道，想要一个孩子的愿望在阿姨的心里一直没有消除，于是在她的身体好转的情况下，他们去医院，动手术接上了输卵管。那年她四十岁，冒着高龄生产的危险，她生下了心玫。可是自那以后，她的身体状况一天不如一天，最终倒下了，她早知道她患有癌症，却没想到癌症加重得如此之快。从那以后，叔叔就开始踏上四处求医的路。

"母爱之伟大，超出了我们的想象。在阿姨的心里，总有一份空缺填补不上，她总是想着没有照顾好孩子，儿子才离她而去，那是母性的一个空缺。当她把心玫生下后，她全部的爱，包括对心玫哥哥的爱就全都弥补在了心玫身上。他们为她省吃俭用，为她不惜付出一切，甚至生命的代价……

"父母希望她幸福地生活，可我只会让她生活在战战兢兢中。煤烟事件后，我主动提出分手，也是希望她能有一个好的归宿。起初我们在大学的时候,我相信我是爱她的,她也曾经为了我,放弃了她热爱的工作,能够做出这样决定的女孩实在不多,如果没有煤烟事件,那该有多好。

"煤烟事件过后,心玫才告诉了我关于杨富贵和那几天发生的事。自那以后,我便知道,还有一个人在等她。她高中时期的初恋杨富贵,要不是因为煤烟事件,我此生都不可能知道这个人的存在,可心玫对我说,她早已对杨富贵没有了感觉,而高中时代朦胧的情愫也只是一个少女的情窦初开。但我不那样认为,我知道,这件事已经威胁到了她的生命,我不知道我们仨之间还能有什么和平的解决方式。相比来说,那个人比我认真得多。

"可事实上,她并没有与我就此断绝来往,那时候,我几乎跑遍了大江南北。有时候我觉得是为了工作,有时候又觉得完全是为了躲避她,我就像一个逃犯,我在逃避着这样一份感情,其实完全是没有勇气面对,没有勇气去接受一个人的过往。

"我一直在不停地奔跑,全国各地哪里有活我去哪里,打一枪换一个地方,可即便如此,我还是怕了她,她冷不防就会出现在我办公的地方。有一次,她直接将我堵在了宾馆门口,我只能将她安顿下来。那晚上她哭着说,为什么不理她了,她有那么讨厌吗?她在我房间里哭得撕心裂肺。她每次见我,我都会给她一笔医药费,我知道光靠叔叔一个人的工资,是很难维持阿姨的治疗的,心玫她把大量的时间用在四处找我上,也没有什么收入,我就觉得这是我亏欠他们的。可是我越表现出大度,心玫她对我追得越紧,直到后来,她打不通我的电话就有了自杀的举动,若不是邻居发现得早,惨剧早就酿成了。

## 第二十三章 赎罪

"好多次,她打通我的电话都是以死做要挟要见我。我实在是无法忍受,我不知道这样下去我们会对彼此造成怎样的伤害,但我真的快要疯掉了。有一回她跟我谈好说只要我去见她的父母,她就答应我的一切要求。我答应了她,可没想到当我见到她的父母时,她却说我已经决定了要跟她结婚,让父母放下对我的偏见。我不知道当时她的父母对我有什么偏见,但我觉得她缺少最起码的真诚,从那以后,我就决定再也不见她。

"给她租房的房东好几次打电话给我,说这女孩子总是在夜里莫名其妙地唱歌,第二天在她房间总能发现大把撕扯下的头发,我不知道该怎么办,那些天,真是我一生最煎熬的时间。

"她越这样,我越觉得亏欠她父母,她原本是一个很懂事的孩子,可因为我,竟然变成了家庭的负担。有病在身的阿姨,和苦苦支撑着家庭的叔叔,他们一定不会原谅我,所以我偷偷地给他们打过好多次钱,我希望我的这点微薄的力量,能够分担阿姨的部分医药费,让叔叔也稍微活得轻松一些。虽然叔叔说不能再拿我的钱了,可是他们家一时间也想不出别的办法来,叔叔说这些钱等阿姨的病好了就一并还给我。那是我应该做的,我觉得我就是在赎罪。

"有一次心玫给我打来电话说,她现在想通了,她觉得我现在不接受她的原因不是在我,而是在杨富贵,她说她现在知道该怎么办了,我被她的话弄糊涂了。自那以后,她再没有给我打过电话,但我了解到,她变了,她经常出没于酒吧、迪厅一类的场所,彻底变成了一个我不认识的人。

"偶尔也会听到有关她与陌生男人鬼混的消息,却再也没有接到她的电话,她再也没有出现在我的世界中。

"我想她离开了,我的生活终于可以安静下来,可我却像一个刽子手,活生生地将她推向了坟墓,要不是我的原因,心玫不会变。我有罪。

"心玫死后,她父母的生活,理应由我照顾,这难道不是另一种赎罪的方式吗?"

"没想到你们之间经历了这么多,世事真是难料。"张川叹息道。

天空蔚蓝,竟没有一丝风,在这六月的花园里坐着,虽然难免燥热,但使人觉得没那么压抑了。不远处街上的行人熙熙攘攘,而医院的花园里看似有说有笑的两个人或许下一秒就将面临生死离别。人生真是无常啊!

"浮躁的尘世当中,有无愧于心的人吗?"刘安突然问向张川,"比如说您,张警官,您可有什么隐藏在内心深处的影子吗?它们会在黑夜中时不时现身,吞噬着人的灵魂。"

张川向刘安脸上看去,他看上去不像是在开玩笑。张川皱了皱眉头,他心里咯噔一下,仿佛悬起一块巨石,久久不能落下。

兜里的手机响了,张川看了一眼,是胡洋打来的。他没有接,回过头对刘安说:"谢谢你,跟我说了这么多,又打扰了你半天的宝贵时间。"

"没什么,这都是应该的,以后有什么事,随时联系。"说完话,刘安与张川告别,还是在腋下夹了他的包,向医院大门走去。

张川按了手机上的接听键,胡洋说:"没有什么进展,刚刚又派人去了杨富贵上学曾走过的那条路和山坡,以及酒馆里。那间山

## 第二十三章 赎罪

坡上的房子,五年前确实住过名叫王子尧的一家三口,我们又找到了那天杨富贵和王心玫见面的目击证人,与他的描述吻合。"

## 第二十四章 影子

"比如说您,张警官,您有什么隐藏在内心深处的影子吗?它们会在黑夜中时不时现身,吞噬着人的灵魂。"

张川在夜里想起这句话,一时间竟难以入眠。

十二年前,张川在渭南警察学校就读期间,被校方勒令退学。两年后,又在渭南公安局的推荐下,进入西洲县刑警二中队做辅警。

记得那是腊月的一天,天空飘着大雪,南镇隐没在一片白茫茫的雪雾里,张川踩着一夜落成的积雪去中队上班,风雪肆无忌惮地刮进他的衣领,路上行人很少,甚至一些小猫小狗也蛰伏不出。天何其冷啊!

那是早上七点钟,张川刚到中队,同事王鸿宇就接到一个电话,电话里那人的声音很大,说出人命了,凶手还在现场,就在南镇方家村。打电话的是附近的村民。

队长马上部署,由王鸿宇佩枪,张川带警棍前往,其他人随后赶到。大雪茫茫,去方家村只能步行,张川扔下吃到一半的饼子,和王鸿宇走出中队,疾步向方家村走去。

## 第二十四章 影子

雪太大了，能见度不到百米，他们向前倾着身子，张川看到了王鸿宇的侧脸，那是一张极其严肃又极其和蔼的脸。王鸿宇是张川来中队以后认识的，他办事果敢，待人和善，平时在中队里，同事们都叫他鸿宇哥。刚到中队那会儿，张川还没有办公室，是鸿宇哥让出了他的办公室，说如果不嫌弃，可以一起挤一挤，于是他们俩就在同一个办公室办公了。对张川的生活，王鸿宇照顾有加，鸿宇有警衔，张川只是一个没有编制的辅警，可鸿宇从来没有看不起他，看着张川已经是二十五六的小伙子了，却很少与人交往，鸿宇可没少开导他。

鸿宇曾说，无论什么时候，都要把比自己生活困难的人看好，因为他也是从困难中走过来的。鸿宇在中队办过好多要案，这也是张川打心底里佩服他的原因。

半小时后，他俩到达方家村村口，呼啸的风雪声中能够听到撕心裂肺的号叫，他们在雪中分辨着声音的来源。走进村子时，发现村庄里的人叫喊着四处乱跑，一些向村外跑，一些又向村子中心跑去，看到警察来了，那些向外跑的人又都停了下来。

"前面杀人了……杀人了……一家四口……警察，快去看吧。"王鸿宇逮着了一个向村外跑的人，问他发生了什么事时，那人这样说。

"快进村。"鸿宇对张川使了个眼色说。两个人飞也似的向村子中心跑去。

第一具尸体是在路口看到的，后背中刀，匍匐在地。血液融化了大片积雪，和着雪水流向路旁的下水道，流到中途，又凝固了。四周无声，有些眼睛在土墙之外偷偷观望，尸体上已经落了薄薄一层雪，以当时落雪的速度和身体体温的冷却程度判断他死去快一个小时了。死者是一个三十来岁的青年，看来他是想逃跑，但最终还是难逃厄运，凶手追上了他。

王鸿宇从腰间拔出枪，上膛。张川紧随鸿宇，猫着腰拐过路口，向院子走去。

第二具尸体倒在院中，女性，三十岁左右，长发已被血液黏在一起，仰面朝天，脖颈中刀，割断了动脉，双眼圆睁，死状极其恐怖……张川的头脑一片混乱，他向院子的四周看了看，没有发现什么，他低下头，心脏都快要从胸腔里跳出来了，他深呼吸，努力克制不让心绪躁动。

第三具和第四具尸体同时发现，在内堂，两人都是六十多岁的老人，一男一女，死的时候似乎有挣扎的迹象，胸口中刀，但不是很深，中刀后在地上向前爬了几步，男的似乎要向门口爬去，但两人体力不支，都死了。

屋子里没有凶手，张川的心脏怦怦直跳，他的头脑愈加混乱，凶手呢？凶手到底去哪里了？王鸿宇看了看地上的血迹，持枪从内堂出来，血迹沿着外面的门柱又从侧门而出，他看了看张川，说："小心一点。"然后就向侧门走去，张川紧随其后。

暴雪肆虐，几乎不辨方向，快出侧门时，他们听到了"啊"的一声叫喊。出了侧门，他们看到了对面土坡上站着一个满脸是血的男子，他穿一件皮衣，牛仔裤上全是血迹，一名女子坐在雪地里。

那女子的身上缠了一圈炸药。

"你说我们还能干什么？都这样了。"那男子持刀靠近女子的脖子，颤抖着对女子说。

## 第二十四章 影子

"你疯了,你疯了你知道吗?"女子控诉似的说。

王鸿宇打了个手势,示意张川向另一侧走,对凶手进行合围。在风雪的掩护下,张川猫着腰向另一侧走去,而王鸿宇则走向相反的方向。

"是的,我疯了,我是怎么疯的你最清楚,谁愿意这样呢?现在一切都完了,我们活着不能结合,就让我们地下在一起吧。"男人大声喊道。

"就算我死了,也不会放过你,我的父母不会放过你,我的哥哥嫂子也不会放过你,你会受到惩罚的。"女人咬着牙说。

"哈哈哈,他们活着不放过我,他们死了也不放过我!我到底哪里做错了?他们都是恶魔,为什么,为什么会这样,就因为我穷吗?就因为我没受过教育吗?那你为什么还和我好,你压根就不是个好女人,你就该死……是的,没人能放过我,你这个恶魔,我也不会放过你……我知道,你不用骗我,你是爱我的,对不对?只不过他们生了你,养了你,你就得听他们的,对不对?对不对?你根本不知道我心里有多痛……既然你不知道,那就让你尝尝,我会一刀一刀地割下你的肉,我把你身上的肉还给他们,他们不是生了你养了你吗?我替你把这肉身还给他们,这样你就无牵无挂了,这样,你就可以名正言顺地在阴间跟我在一起了,不是吗?不会疼的,你的身体不会感到疼的,不信你看……"说着,男子用刀在自己手臂上狠狠地划了一刀,"真的,不会疼的,你的心里只会感到疼,你的肉体不会……你别怕,很快的……我不会让你感到疼痛的……"说着,男子挥刀向女人脸上划去。

"住手,放下刀!"王鸿宇在风雪呼啸中喊了一声,那男子猛回头,看到了一棵大树背后躲藏的王鸿宇。

"警察!"男子仿佛心里受惊,向后退了一步,手里的刀逼近了女人的脖颈,另一只手则摸向口袋,"别靠近,再靠近,我和她同归于尽。"很显然,他兜里揣着引爆器。

"有话好说,先放了她。"王鸿宇喊道。

"放了她,我还有活路吗?不对,我已经没有活路了,我没打算活。哈哈哈,你们这些警察,真是好笑,"说着,他又对那女的说,"起来,让警察做个见证,我刚才说的,我会把你的肉身还给他们,这样你就不欠他们了,在地下你就能跟我在一起……乖,你是好女人,现在有了警察做证,你可不许抵赖。走,去一个宽敞的地方,这么神圣的时刻,警察怎么能靠得这么近。"

女人站起来,她的腿受了伤,一瘸一拐地向坡下走去,男人的刀始终架在她的脖子上。

下了坡地,他们沿着小路向前走。"你要听话……乖乖地……听话哦……不会很疼的……"

"站住!"王鸿宇喊道,"马上放了人质,我保证你的安全。"风雪很大,如果放他们转过墙角,就不在自己的视线范围内了。

那男子停下来,看到很远处站着的警察,本能地将刀在空中挥了挥,并指向王鸿宇:"你不要过来,就站那儿别动,你要做个见证啊,我马上就可以将她的肉身还给他们。你,站那儿别动!"就在那把刀离开那女人脖颈指向王鸿宇的片刻,女人扭了一下身子,迅速从男子手中逃脱,沿着小路疯狂地跑起来,她拐过了墙角,向大路跑去,男人在身后大喊:"站住!"

## 第二十四章 影子

王鸿宇纵身一跃,从坡上跳下来,眼看男子已经在射程之内,一眨眼却又从墙角消失了,王鸿宇紧追其后,拐过了墙角。

风雪很紧,王鸿宇转过墙角后,看到几米之外男人站定了,不远处是女人,也定定地站在雪地里。这时候,张川也跟了上来。

男子手持引爆器,一刹那所有的人都僵在风雪里。

"怎么了?跑啊,你不是很能跑吗?怎么不跑了,你再跑,轰,我送你上天……警察来得不少啊,很好,多一个人多一个见证,你在地下,想赖都赖不掉……你们俩,站着别动!听到了没有,站着别动!"

"有话好说,你听我说。你想想,你也有亲人,不是吗?四个亲人遇害,有谁会不难过呢?换作是你遇害了,你的家人也会难过的,不是吗?"王鸿宇一手持枪,另一只手向正前方伸出来,做了个缓一缓的手势。

"家人,我的家人除了令我蒙羞,还带给了我什么?你们这些警察,什么都不懂!我的家人,如果他们有本事,怎么可以让家庭这样贫穷,这样破败……要不是因为贫穷,她家又怎么会反对这门亲事?你说,我要这样的家人有什么用?他们只是我的累赘,只是我的耻辱……对,我是个人渣,可我从前不是这样的,你知道吗?我很孝顺他们,我很听他们的话,可是我所谓的家人呢,他们竟然也觉得我跟她门不当户不对,怎么了?谁规定了穷人和富人就不能结婚了?你们觉得我不近人情对吗?你们觉得我残忍对吗?我也想过用比较文明的方式解决,我想过和她私奔!可是来不及了,他们一家说服了她,这些天,她闭门不出,我想跟她沟通跟她说说话都没有机会呀。他们合谋践踏了我的尊严。对,他们这是在……"

女人不笨，就在那男子与王鸿宇谈话的时候，又拨腿跑起来。可是前面没有路了，那女人知道，她的前方，张川的身后是一道悬崖，她只得向左跑去，进入一户楼房的楼梯。男子反应过来，向楼梯追去，女人和男子上了二楼楼顶。风雪太大，瞄准器根本瞄不准男子，王鸿宇喊了一声"追"，也消失在楼道里。张川紧随其后。

这一回男子变聪明了，有了前两次的经验，他不会让警察靠近了，他站在那里，对刚刚上楼顶的鸿宇和张川说："不要靠近，再靠近一步，我立即把她炸上天，听到没有，把枪放下……"

鸿宇没有放下枪，那时候他猜测男子还不会立即引爆炸药。这个曾经与他有过一段感情的女人，即便现在只剩下了恨，但丧心病狂的男子肯定也还没有玩尽兴。

"不放是吧，我会让你们放下的。这么多年，我没有做成一件事，这一次，我不会失手了，我会让你们看到我的杰作……"男人从裤腿上拔下军刀，一手持引爆器，一手持刀，缓缓逼近女人："不会疼的，你一定会佩服我的手法的……"

"啊！"女人尖叫了一声，男子的刀挑向了女人的右脚踝，血汨汨地流出来，女人的脚筋断了。"怎么样？我让你跑，你不是挺能跑吗？跑啊！"

"不要啊！"王鸿宇喊着，却又听到女人的一声尖叫，男子的刀又挥向了女人的左脚踝，女人的另一条脚筋断了。"我让你跑，你好好跑。"

张川哆嗦着，被刚才的一幕吓着了，他持警棍的手颤抖起来，额头渗出冷汗，那时的他刚做辅警没多久，哪见过这阵势。

王鸿宇将枪放在地上，举起两只手："别乱来，你听我说，我

## 第二十四章 影子

去换她，你看怎么样？"张川也将警棍放在了地上。

听到王鸿宇这样说话，那男子转过身来："有意思，哈哈哈，多一个人也好，在阴间我们结婚，你可以再做个见证，如果到时她反悔，还要仰仗你呢……"男子拿刀指着王鸿宇说，"不过，你可不许耍花样……"

王鸿宇向那男子走去，张川心里绷着的一根弦更紧了。鸿宇举起手走到了男子身前，男子的刀从女人脖颈取下来，架在了鸿宇的脖子上。男子将引爆器装进兜里，一只手持刀，一只手死死地抓住鸿宇的肩膀。

"我们好好谈谈，只要你听我的，我们现在就放你走，你看如何？"鸿宇又开始与男子说起话来。

女人偷偷地在地上爬起来，她绝望而缓慢地向楼梯爬去，男子突然扭头看向了女人："怎么了？你又想跑，乖，你不要耍花样哦！"

张川迅速从地上将枪捡起，瞄准了男子的脑袋。雪下得更紧了。

这时候鸿宇突然喊道："还等什么，快开枪！"

"快，犹豫什么，开枪啊！"鸿宇撕心裂肺地喊道。

张川的手开始颤抖了，那男子完全在射程之内，这么近的距离，风雪也影响不到射击。可是，张川犹豫了，如果此时开枪，歹徒一定会杀了鸿宇……

"不，你们要什么花样？不……不。"男子嘴里喊着，显然他为突然被枪瞄准感到意外。

张川的手还在颤抖，男子却突然腾出左手，摸向衣兜……

大雪早已封山，天地之间一声巨响，震落了枝丫上积了一天一夜的雪。风雪更紧了，看不出还要持续多久。

张川被炸药的冲击波从二楼楼顶冲下来，重重地甩在野地里被雪掩盖的荒草堆里，半小时后，他被赶来的救援队救醒。

由于距离被捆绑了炸药的女人太近，王鸿宇没有抢救过来，当场死亡。那一天，是南镇有史以来最黑暗的一天。

那也是张川生命中最黑暗的一天。

## 第二十五章 旧忘

"我们似乎忽略了一个问题。"在电话里,胡洋说。

就在刚才,胡洋将最近调查的情况与张川做了沟通,如今正值流火七月,时间匆匆而过,抓到5·25案的凶手还遥遥无期,这对他们来说,无疑是一种煎熬。

杨富贵与刘安各自的叙述使案情再次陷入迷雾之中。张川从刘安那里得知,王心玫与杨富贵早在高中时代就是男女朋友,可胡洋从杨富贵那里获得的信息是,5月24日杨富贵与王心玫是第一次见面。这一点无疑成为能否侦破此案的关键。

"什么问题?"张川在电话里问道。

"死者与杨富贵所说的高中同学究竟是不是同一个人,只需查明这一点,此案中两人讲述的真假便不难判断,这无疑是一个新的突破口。"胡洋说道。

"跟我想的一样,南镇派出所户籍室那边我已经安排让他们调取一份王心玫的照片,接下来,有劳你了。"张川说道。

十分钟后,警员将从南镇派出所调取的王心玫照片递到了胡洋手上。那是一张清秀的学生照,从照片的上传时间来看,照这张照片时,王心玫十六岁,正准备高考。

胡洋带着照片开车去了西洲县一中,按照杨富贵的叙述,这里的情景早已与五年前不同,唯一还存在的是那家卖雪糕的小卖铺。胡洋进店跟老板要了一瓶啤酒,坐在门口的凳子上喝了起来。天气很热,啤酒非常解渴。

"校门口这一带生意不错吧?"胡洋随口问了一句。

"哎,生意惨淡啊,怎么说呢,这一带之前做小买卖的都改行了,如今县城的房价上涨了五六倍,原来的小平房都拆了,盖起了小楼。小楼房租高,做小买卖的做不下去,走了大部分,一些环境好的大店开起来了,也总挤对这些小店,小店没法生存,说来快五年了,也就我们家和不多的两家活下来了。"老板说着,声音又变低了,"我家这店址啊,房产原本就属于我老婆家,不再额外交房租,生意勉强能做下去。"

"哦,也难怪,这一带现在都盖了高楼。"胡洋说。

"再过两个月,我们家也要拆了,盖楼,也得与时俱进。学生娃娃的生意好做,环境也得整顿一下,不瞒您说,食药监局的已经来我家好几回了……"小老板又说道。

"是啊,应该响应政策,事关学生健康,马虎不得。"胡洋说。

"对对对,您说得太对了,现如今整个社会都重视这个。"小老板又说。

胡洋向四周看了看,虽是小卖铺,可是他们家经营范围却很大,两间房是食品,另一间是学生文具。回过头来,胡洋又问老板:"听您口音,像是南镇那边人?"

## 第二十五章 旧忆

"嗨,您啊,听得真准,我就是南镇人。"老板说。

"向您打听个事。"胡洋亮出了证件,那小老板当即惊了一下。

"哦,警官,您尽管问,我一定如实回答。"小老板战战兢兢地说。

"喏,照片上这个女孩,您有印象吗?"胡洋拿出了王心玫的照片。

小老板拿起照片端详良久:"怎么会没有印象呢?有印象有印象,这个娃是南镇牛家村王子尧的千金啊,上学的时候,经常到我店里来买雪糕,和她一起,还有个男同学,叫杨……杨什么……"

"杨富贵!"胡洋说。

"嗯,对对对,就是杨富贵,杨富贵,那个男娃娃不爱说话,每次买雪糕都是这个女娃买,印象特别深。"小老板说,"她爸爸王子尧啊,我也知道,不过不是很熟,他当时在县林业局工作,我记得是这样。"

"那么,您最后见这个女孩是什么时候?"胡洋继续问道。

"她高中毕业以后就没有来过啊,哦!您这一问我倒是想起一件事来。"小老板拍了一下脑门,"后来听说这娃意外去世了,有人又说没去世,抢救过来了,具体是怎么回事,大概也只有她爸王子尧知道了。"

"哦,好的。没什么事了,今天多有打扰。"胡洋起身告辞,那瓶啤酒已经被他喝完了。

出了小卖铺,胡洋往杨富贵说过的那段路走去。他沿着河堤向前走,那是中午十二点左右,太阳太烈,河堤边没有多少人。他拾阶而上,走到台阶的顶端,果然向右延伸出一条路来,他看到了那间白色的房子,门开着,他还是习惯性地敲了敲,没有动静,他走了进去,并轻声喊道:"有人吗?"

有人从屋里出来。是一位老太太,头发已经白了,挂着拐棍,看样子有八十多岁了。

"年轻人,有事吗?"

"老人家,打扰您,我是西洲县公安局的,我想跟您打听个事。"胡洋和气地说。

"哦,什么事呢?年轻人,进来说吧。"老太太说道。

"不了,老人家,院子里就行,您看啊,这个照片上的女孩您认识吗?"胡洋将照片掏出来拿给老太太看。

老太太两只眼睛皱到一起,看了半天,说:"我的眼睛不是太好,老了啊……你让我呀,再瞅瞅。"

老太太又瞧了半天:"哦,是她呀,我记得她。她呀,和她的爸妈,五年前在我家这个院子住过,后来考上学校,一家都搬走了。"

胡洋点点头:"哦,是这样。"

"哎,最近都是问她的,说起来你已经是第三波了。"老太太说。

"哦,那前两波是?"胡洋问道。

"一个多月前有个男的来,向我问,王书玫还在这儿住吗?我给说五年前就搬走了。前几天呀,还来过几个警察,问王心玫,我不知道这个娃改名字了,他们又问王书玫,我说王书玫我知道,就是五年前在我家住过,考上大学就搬走了的。哦,这个娃出什么事

## 第二十五章 旧忘

了吗？"老太太问。

"也没什么事，今天打扰您了，老太太。"胡洋说。

出了院子，下台阶，胡洋又沿着河堤走了一段路，看到了对面的那家酒馆，他从桥上走过去，进入酒馆。酒馆比较清静，装修古典，一派仿古陈设。胡洋坐在靠近窗子的一张桌子前，他扭头看向窗外，阳光已经斜斜地打在窗台上，马上就可以移动到窗玻璃上，照到桌子上了，这时是中午一点。

从窗户看出去，可以清楚地看到河岸上发生的一切，波光粼粼的水，反射着太阳光，将一圈一圈晃动的鱼鳞斑点映照在河堤边上，仿佛玻璃上跳跃的陆离光斑。这时候，有服务生走到胡洋身边，问："先生，想喝点什么？"

"还是来瓶白酒吧，高度数的，不过我希望你能陪我喝。"胡洋说道。

"哦，没问题，先生。荣幸之至。"服务生说。

服务生去吧台拿了一瓶老白干，两只杯子，坐在了胡洋的对面。

"先生第一次来？"服务生说。

"对，第一次，这酒馆感觉不错！"胡洋说。

"谢谢您的肯定，让每位顾客满意是我们的宗旨。"服务生说着，并打开了那瓶酒。

"你来这儿多久了？"胡洋问。

"算来快两年了吧。"服务生说。

"哦，这一带沿河的风光不错，生意应该很红火吧？"胡洋问。

"怎么说呢？我也是看上了这一带风光的，以为可以长久地在这儿干几年，但是西洲县这个地方嘛，人们的消费水平、整体意识还没有到达足够支撑服务业大发展的阶段，所以店里生意嘛，勉勉强强，就像白天这个时候，也没几个客人。"服务生说。

"不错，认识很准！"胡洋竖了大拇指，并举杯跟服务生碰了一个，胸中慢慢热起来。

"我也是瞎掰，"服务生喝下酒说，"让您见笑了。"

"不，能够说出这番话的服务生可不多见。"胡洋说完，又开始向两个酒杯倒酒。

"其实啊，这整个前台，也就我一个人在应付，晚上客人多了，还有几个伙计会来。"服务生说。

"难怪，能者多劳嘛！"胡洋说着，举杯跟服务生碰了一个，喝下去，胸中滚烫。

"哦，小伙，向你打听个人，"胡洋拿出王心玫的照片，"这个人，你有没有见过？"

服务生喝下酒，从胡洋手中接过照片，看了一下，皱了眉头说："知道。"

"哦，是到过你们店里吗？"胡洋问。

"倒是没有，"服务生跟胡洋碰杯，"没有到过我们店里，不过我确实看到过她。"然后又喝下了一杯酒。

胡洋也喝完了一杯，他已经感觉胸中有些沸腾了，这七十六度的老白干，果然不同凡响。

"小兄弟，能跟我说说吗？你是在哪儿见过的？"胡洋继续问道。

## 第二十五章　旧忘

　　服务生略有迟疑后说："算起来一个多月了，我店里嘛，来过一个客人，早上来的，一个人喝了两瓶纯酿，五十二度的，醉了，吐得一塌糊涂，一直睡到下午三点才走。我在店里正感叹这人终于离开了，却听到外面一阵喧哗，我就从这个玻璃门看过去，看到了那女的，被刚刚那位客人拉上疯了一样在河堤上跑，一边跑一边还喊着……喊着"美美"什么的。后来我也跑出去看了，那时候河边已经有好多人，都在看那两人，都说那个男的疯了吧，我知道他没疯，在我们店里还好好的，不就是多喝了点酒吗？正常的。后来啊，下午四点多的时候，我听进店的客人说那两人坐河堤上晒太阳呢。这事啊，确实有点奇怪，不过我倒是觉得，他们俩应该是认识的吧，要不然那女的也不会心甘情愿跟着那客人跑啊，您说对不对？"服务生一股脑说出一大堆话来。

　　"对啊，他们俩应该是认识的。"胡洋说。

　　"是啊，我想应该是认识的。不过啊，如果是别人，我还真不能说，"那服务生说，"您是客人，我说给您听，是别人，我就说没看见，这年头，多一事不如少一事，况且，前几天，我店里还来过警察，打听醉酒的那个人，因为他是我店里的客人，我就照实说了。"

　　"哦，好。"胡洋点点头，又举杯跟他碰了一个。

　　"不过，您怎么有那女人的照片，是您朋友吧，出什么事了吗？"服务生又开始问了。

　　"对，是我朋友，也没出什么事，就是随便问问。"胡洋笑着说。

　　回到公安局时已经是晚上七点，胡洋躺在办公室沙发上，望着天花板，内心一片驳杂。半个小时后，他给张川打了个电话，说了下今天的调查情况。张川还没有回来，他正在火车站等候返回南镇的火车。

"看来杨富贵口中的高中女同学就是已经死去的王心玫，他说了假话。"胡洋自言自语。

## 第二十六章 雪寂

张川退掉了回南镇的火车票。就在火车即将开动的半小时前，他决定前往成都。

北京去成都又是二十几个小时的火车，掐指一算，他从南镇出来已有五天。

在成都张川打刘安的电话，无法接通。他再次打刘安公司的电话，服务台说刘安出差了，下午三点左右才能回公司。

张川在酒店度过了百无聊赖的四个小时，下午三点，他打通了刘安的电话："方便的话，我想见您！"

"好的，三点半，公司办公室见。"刘安说。

下午三点半，张川准时出现在刘安的办公室。四天没见，刘安的胡子冒出来了，其他并没有什么变化。

"我想，或许您还有故事没有讲完，或者说代别人讲的故事，只能再次打扰您了。"张川笑着说。

"知道您迟早会问，但是有些事，非要让我讲出来，还是需要勇气的。"刘安说。

"十分抱歉，希望您能理解，这是出于破案的需要。当然，也是为了给死者一个交代,如果您在乎这个的话,兴许您可以考虑考虑。"张川说。

"好的,我也考虑过,当然对我来说,也没有任何隐瞒的必要,毕竟死者已矣。"刘安叹了一口气说,"那我就把这些告诉您,不过我也只是一个转述者,我希望您能理解。"

"好的,无论如何,我想真相只有一个。"张川说。

刘安在窗口望了望,然后回过头来,似乎是从往事中兜了个圈子似的,面对张川,说出了这些话:

"煤烟中毒后,心玫转院,她醒来后,告诉了我在我出差那些天发生的事。

"那时正是三九天气,天寒地冻,屋子里的火炉白天黑夜地烧着,若是晚上,她也有封住炉子的习惯,但我离开时叮嘱过她,晚上火炉很危险,要让炉子里的煤全部烧化。板房确实太冷了,我可以想象她一个人独自面对漫漫长夜的凄凉。

"杨富贵来的那天天空飘着细雪,是下午六点,心玫刚吃完晚饭,坐在床上织毛衣,大冬天的,她没有心思读那些公考的书,就把它们厚厚地摞在桌子上。杨富贵敲门后她开了门,她一刹那傻眼了,虽然已经有四年的时间没见过杨富贵,他的大相貌还是没有变,心玫一眼就认出了他。

"'你怎么会找到这里?'心玫问。

"'四年了,我以为你早已经把我忘记了。'杨富贵一进来就这样说。

"心玫说:'不,没有忘记,可是你怎么会找到这里?'

"杨富贵坐在了靠近火炉的凳子上,给火炉里添了两块煤,

## 第二十六章 雪寂

然后说,四年来,他无时无刻不想念着心玫,前几年他去了外地的高校做清洁工,起早贪黑,十分辛苦。他没有可能通过考试上大学了。他说他在大学里做清洁工就能感受到大学的生活,当他看到大学生就想到心玫,但他不敢来心玫的学校,他怕他一个清洁工的身份没有人看得起。直到有一天他鼓起勇气来找心玫,才来到兰州,走到心玫所在的学校时,发现她已经毕业了。他只得回老家偷偷地找她,没找到,就又返回兰州。

"他终于看见了她,可是她身边已经有别的男人了,那个男人就是我。

"那些天,杨富贵天天经过心玫和我的住处,他在附近找了工作,每天下班,他总要站在滨河路上,向这里看一会儿。终于有一天发现我不在,他才冒着风雪前来。

"听了杨富贵的话,心玫的心就乱了,她不知该如何是好,她在心里其实是对杨富贵抱有愧疚的,可是她又放不下与我的这段感情。她说她试着想说服杨富贵让他别等了,她不值得他等。她想试着说出她已经和我在一起了,不想让另外一个人打扰,可她终究没有说出来,面对杨富贵的眼睛,她心里彻底乱了。而杨富贵,他还在苦诉着高中时代的那段情缘,这让心玫的心里越来越矛盾。

"那天夜里,杨富贵深夜才离开,而心玫,则一夜无眠。后来她对我说,在那样的夜里,风裹着雪花在窗外簌簌而落,她感到被寒冷包围。

"第二天一整天她都精神恍惚,注意力没法集中,手头做着一件事突然又忘记了另外一件事,满脑子都是前一天晚上杨富贵对她苦诉的画面。而那天晚上杨富贵最后说给她的话则更让她为难,杨富贵说：'跟刘安分手吧，我一直在等你，过去你们的一切，我都当作没有发生……'他还说第二天晚上他还会来，让她在第二天晚上给个答复。

"在重重矛盾中，心玫惴惴不安地度过了一个寒冷的冬日。这样的事情，她又不敢跟我说，因为在跟她相处的两年多时间里，她从没有向我提起过杨富贵这个人，她怕我心里会生出什么芥蒂。

"晚上，杨富贵果然又来了，一见面就问心玫：'你考虑好了吗？考虑好了就跟他打个电话，很简单的，就说以后不再见面。很简单，我们一起离开，离开这个鬼地方……'心玫心里乱极了，她说让她再考虑考虑，可是杨富贵等不及了，他说还考虑什么，这不是很简单的事吗？

"他们一直从七点纠缠到夜里十二点，心玫终于说：'杨富贵，高中时的感情，谁还当回事啊，就当过家家吧！你也会找到适合你的女孩，我不值得你等，也不值得你爱，那些记忆，你就从脑子里抹去吧，就当从没有发生过。'

"杨富贵当场就哭了，抱着头紧紧地蜷缩着身子。后来心玫说，当时也不知道是屋子太热还是怎么了，他们两个人的脸上都像是被火烤红了一样。

"后来杨富贵说，那就这样，还说了彼此珍重的话。出门时，心玫看到杨富贵颤抖的身子，比那晚昏黄的灯光还要恍惚，窗外的风呼呼地吹着玻璃，像是在撕扯着一张偌大的白色帆布。屋外的雪已经很厚了，再过几个小时，应该都可以封住那扇板门了吧。她是鼓足了勇气才没有说出挽留杨富贵的话。她想象着杨富贵踩着夜雪离开的声音，但她听不到了，窗外是死寂一般的雪，埋葬一切的雪。

## 第二十六章 雪寂

杨富贵走后，心玫和前一个夜晚一样，难以入眠，再加上白天一整天精神恍惚，使她陷入焦躁之中。她知道又要面对比前一晚上更难断绝的失眠了，于是她拉开床头柜，从中取出了安定片，她深知自己长期服用安定已经对它有了抗药性，于是她服用了比往常多出一倍的药……

"那晚的火炉没有封闭，外面的雪使屋子里的炉子燃烧得更旺了，心玫迷迷糊糊中竟睡了一个安稳的觉，可是一睡就睡了一周。

"是房东发现她的，后来房东也给我打了电话。当地的医院没有接收，我们去了外地，一周以后，心玫醒过来，为了避免杨富贵再度骚扰，转院后我们的地点从没有向外透露。

"在心玫苏醒之前，我对发生过的事情一无所知，由于那晚火炉里的煤已经充分燃烧，而当晚也没有刮北风，烟囱里的烟不可能倒流，一切看上去都不像一场意外，房东在我到来之前报了案。当时警方怀疑是人为，而煤烟的来源是放在墙角的一只装有煤块的铁簸箕，那里差不多有十斤煤在那天晚上莫名其妙地被引燃了。

"然而心玫苏醒以后，就让我打电话给警方，撤销对此案的调查。她说那铁簸箕里的煤块是她自己不小心将没有燃尽的煤灰倒入后引燃的，而当时的情况究竟如何，也只有心玫一个人知道。

"但我知道，无论如何，这样下去对心玫很危险，而我从她的口中了解到的杨富贵，绝不可能善罢甘休，我唯一能够做的，是放下这一段感情，也许那才是最好的选择……

"再后来的事，我上次已经对您说过，张警官您应该知道的。"

张川一直皱着眉头，现在，一切都可以用一根线串起来了，这条线上所有的关节,都即将打通,但他的心却越来越沉重。从警十年来,他面对过许多穷凶极恶的罪犯,可是有些罪犯总叫人无可奈何,张川预感到,也许此案,也会令人无可奈何吧。

"那么,在王心玫煤烟中毒的现场,有没有发现什么特别的东西?"张川随口问道。

"特别的东西……好像没有……"刘安转而又说,"哦,对了,在铁簸箕底部煤块燃烧的灰烬里,发现了一些白色粉末,看起来不像煤块燃烧后的灰烬,我找朋友查过,说那些粉末里含有纯度较高的磷……"

"磷,白磷吗?"张川大声问道。

"具体不知道。"刘安摇着头说。

"那些粉末现在在哪儿呢?"张川再次问道。

"半年了,早就扔了,况且心玫当时说煤块是她自己引燃的,这事也就没人再追究了。"刘安说。

从刘安公司出来,张川打电话给小陈:"帮我查一下,高考结束,杨富贵离家出走后是在哪所高校打工。"

张川坐上赶往西洲县的火车,火车穿过一个个隧道,穿透了大山的心脏,越来越靠近那座西北小县城了。

走了四个小时,火车刚从一座隧道穿出,张川的手机响了。

"已经通过公安部与各高校人事部门取得联系,现已查清,杨富贵在高考结束后打工的地方是衡南大学。他在那里做了三年零两个月的清洁工,后来辞职了……"小陈在电话里说。

衡南大学,那个曾经开出过一朵白磷花的夜晚,浮现在张川的脑海里。火车轰隆隆地继续向西北而去。

## 第二十七章 恨 生

"5·25案,该水落石出了。"张川下了火车,给胡洋打了个电话。他没有回南镇,也没有去县局,他直接向长满了矮松的西山狂奔而去。

快三个月了,上山的路没有变,但山上的树木叶子大了一圈,被太阳晒得耷拉着。"该好好锻炼了。"张川想起第一次与胡洋上西山的情景,那一次,他跟胡洋是为了查询王子尧而上的西山。

按照胡洋的描述,沿着山上的一条小路,走到一排竹林的后面,就可以找到王家荒宅。那里,是杨富贵目前的居住地。

张川找到了竹林,他看到了那个院子,一把锈迹斑斑的铁锁锁着大门,正如胡洋所描述的,似乎从没有被打开过。张川绕着竹林转到了院子的后面,那里有一道柴门,出乎意料地敞开着。他朝院子中望去,空荡荡的院子一片寂寥,张川走进柴门,朝里头喊了一句:"有人吗?"

没有人回答,张川又重复了一句,这时候他听到一个声音传过来:"您找谁?"

"请问杨富贵在吗?"张川继续问。

张川看到那棵大杏树下躺椅上有个人站起来，朝他这边走来。

"我就是。"来人走到张川跟前，他皱着眉头，看上去有些憔悴，"您是……公安局的？"他问道。

"对，我是西洲县公安局刑警二中队张川。"张川亮出了自己的证件，他看到眼前的杨富贵与照片上的是同一个人，不同的是，眼前的这个似乎更老了些，也比胡洋所描述的要憔悴一些。

"打扰你，你知道我是警察？"张川问道。

"我这里，除了胡警官，很少有人知道，即便住在山里的人也没有几个知道，所以我想可能是他的同事。"杨富贵说，"里面请吧。"

"这园子挺不错，我想在这里谈更好一点。"张川说。

"那么，张警官想聊点什么？"杨富贵搬过来一张凳子，和张川坐在院子中的一张石桌旁，并拿起热水壶为张川倒了杯开水。

"这些天，过得还好吗？"张川仿佛随便扔出了一句话。

"好，蛮好的，山里清静……"杨富贵说。

"不，我是问你这里，还过得安稳吗？"张川指着自己的心窝说。

杨富贵抬起头来，看着张川说："不知道张警官说的是什么意思？"

"我可能要讲一个很长的故事，很可能需要耽搁你一些时间，不知你有没有兴趣听？"张川没有回避杨富贵的目光，盯着他说。

"和警察谈话，我好像没有别的选择。"杨富贵叹息道。

"故事得从五年前讲起。"

"五年前，有一个女孩从南镇牛家村搬来县城，居住在西洲县一中两公里外的河堤坝山坡上,住进了那里的一座白色房子。她转到西洲一中之后就成了你的同班同学,她坐在你的前排。碰巧的是,你们家租住的房子在山坡脚下,和那女孩的院子遥遥相望。那时候,你的父母希望你能考上一所好大学,所以对你的学习和生活管理得非常严格。他们要求严格,这多多少少造成了你自闭的性格。在你的周围,几乎没有和你要好的朋友,但是那女孩却成了一个例外。你们平日一起上学放学,你们一起探讨习题。在父母剥夺了你的课余时间之后,你不得不一个人坐在租住的那家院子里,独自做作业复习到深夜。尽管你的父母并非你的生身父母,可是他们对于你学习要求的苛刻程度超过了任何一个生身父母,从某种程度上说,这是你的幸运,当然,也可以视为不幸。

"在你坐在院子中做作业的时候,那个女孩在山坡上遥望着你,很多时候,这成了你心中的一点微弱的火苗,因为有了那个人的存在,你看似与别人不同的童年才有了一丝光明。就这样,在高考前,你们决定考取同一所大学,你们约定,在大学校园里,你们还要成为同学,将来要成为情侣。可惜命运弄人,高考完后,你深知自己考得不理想,再也没有可能与那女孩同上一所大学,于是,你在一个夜里不辞而别,离家出走。可是你不知道,这已经深深地伤害了你的父母。

"离家出走后,你决定体验一下大学的生活,可是再也不能以一个大学生的身份体验了,你进入了衡南大学,成了那里的一名清洁工。你起早贪黑,每天在那里只想看一看大学校园里那些学子们是怎样生活的,你看着那些学生就仿佛看到了曾经一起的女孩,可是你没有勇气去她所在的学校,因为你无法以自己的身份面对她。

"四年前,衡南大学发生过一起实验事故,由于一位教授的操作失误,导致了一场熊熊大火,几乎烧掉了整座实验楼。这位教授被停职,而你也是那场大火的亲历者,准确地说,你是第一个发现实验室着火的人。

"那起实验室起火事故虽然只是个意外,也丝毫与你无关,却彻底改变了你的一生。

"在衡南大学做了三年清洁工后,你想着女孩也该毕业了,于是你辞掉了衡南大学清洁工的工作,返回南镇去找女孩。然而毕业以后,女孩只回过一次家,她又返回了兰州。当你找到她时,你发现她的身边多了一个男人。你十分不解,为什么你多年等待,却是这样一个结果,为什么这么多年女孩无视你的存在?就在女孩身边的男人不在的那几天,你决定与女孩见一面,你想一诉衷肠,更想让她回心转意。

"那是冬天,连日飞雪,你见到女孩时,女孩也被吓了一跳,她早已经把你忘记了,她没想到时隔多年,你还会千里迢迢找到她。但你说,过去的一切你都可以原谅,只求她回心转意,离开那个男的。你给了她一天的时间,让她考虑。

"第二天晚上,照常是个大雪天,女孩的屋子里烧着火炉,你去找她。你要从她那里得到答案,然而女孩决心已定,她再也不愿意与你有什么关系,她对你们曾经的感情和曾经的约定做出了一个总结:'那只是两个不懂事的孩子所做的过家家的游戏。'她希望你不要当真,她希望就此以后各自珍重。但你对这样的答案实在是难以接受,你无法接受一个苦苦等待了四年的人,从此以后将与自己再没有任何关系;你无法接受那个在你人生最低落的时候给过你

## 第二十七章 恨生

温暖阳光的人,竟会扯下你心头的最后一缕阳光。这些年,你能够顽强地活下来,就是坚信了那一丝丝微弱的希望之火,可现实是,这微弱的火苗也在那晚的小屋中让她无情地掐灭了。你彻底崩溃了!

"那天晚上,你突然找不到了人生的目标,你曾经憧憬的光明就这样陷入一团漆黑。但是,怎么说呢?说实在的,在你的心里,又何尝没有对这样的结果有过心理准备,毕竟四年了,杳无音信的四年意味着什么?而且就在前一天,你也看到了女孩所表现出的迟疑,你怎么会对这样的结果没有丝毫准备?你有准备的,不仅有准备,还是一个近乎完美的准备。

"那天晚上就在你离开女孩房间的时候,你将一份神秘的物品放在了女孩房间靠近墙角的一个铁簸箕里,那个铁簸箕里装了整整十斤煤。你放进煤块里的,是你从衡南大学带出的一些白色粉末,那是白磷,或者准确地说,是白磷在特殊环境下燃烧后的粉末,但它却是导致衡南大学那场大火的罪魁祸首,那是一些可以在三小时后自燃的粉末。你试图用那些粉末点燃那些煤块,以此在紧闭的房间里,致使女孩一氧化碳中毒,即便不会致死,那也一定让她感受到你对她的威胁。

"如果女孩和前一个夜晚一样失眠的话,她恐怕会第一时间发现被引燃的煤块,而不会一氧化碳中毒。可惜,女孩知道她将面对比前一个夜晚更加难熬的失眠,所以她服用了过量的安定片。

"悲剧就这样酿成了。

"起初警察怀疑你有蓄意谋害他人的嫌疑,还到你的老家南镇找过你。你父母因为听到你在外不学好,连警察都在四处找,便彻底放弃了你。警察的寻找最终被一周以后女孩打来的电话终结,女孩承认那天晚上煤烟中毒完全是她自己操作失误导致,与其他人没有关系,实际上,那完全是为了保护你。当然,另一方面,女孩是为了息事宁人,她不愿意再让你卷入这场是非当中。

"可你不这样想。煤烟中毒事件之后,你四处寻找女孩,可是没有人知道她转院后去了哪里。直到半年后的5月24日,你回到西洲县城,去了你曾经上学的地方,沿着那条路去看你们曾经租住的房屋,那间坐落在山坡上的白色房子,还有那座可以遥遥相望的山下的院落。在你感怀往事已经不再,而时光一去不复返的时候,你想去喝两杯,就在河堤边上的一家酒馆里,你把自己灌醉。从早上九点到下午三点,你一直待在酒馆里,等你出了酒馆沿着滨河路准备返回家时,你发现了一个熟悉的身影,是那女孩的身影。你喊着她的名字'书玫''玫玫',可是她自始至终没有承认自己是王书玫。她被你拖着在河堤上跑,你指着你们曾经去过的地方,可是她,却似乎变得比以往更痴傻了,你不知道发生了什么事。

"那个叫王心玫的女孩就是你要找的女孩,但是你并不知道自从煤烟中毒事件之后,她经历了怎样的人生遭遇。她被那个男人抛弃了。她拒绝了你,满以为可以跟她的白马王子一起过上美好生活,却没想到,那男人又拒绝了她。人生真是无常,她的内心彻底崩溃,她的信念就像你曾经的信念一样,彻底地破灭了。那些日子,她疯狂给那个男人打电话,她甚至想过自杀,若不是房东及时赶到,她也许不知在什么时候了结自己的生命了。那个男人还冠冕堂皇地说,一切都是为了她好,为了让她过上稳定的生活,这简直就是扯淡。

## 第二十七章  恨生

"可这一切，你，杨富贵，又怎么能够明白？你反而觉得生活太狗血了，这个你无时无刻不在惦记着的人，却突然说不认识你，你觉得自己是多么可悲，你觉得你当时在出租屋里没有让煤烟毒死她，对她的一念之仁简直是对自己的残忍。于是，你们相约去了黄龙湖。吃完饭在品如旅社登记住店的时候，你们完全可以住一个单间，但是如果让她死在自己房间里，自己岂不是也难逃干系？于是，你们向黄龙湖下游走去，为王心玫寻找了另外一家旅社，这家旅社就是既偏僻客人又少的夕月旅社。

"你完全可以安排王心玫住夕月旅社一楼的，因为一楼也没有住满客人，可你偏偏登记了三楼。那个楼层，除了你们，再没有客人，这显然对你实施犯罪更有利。

"那天晚上，你们都喝了酒，到夕月旅社后，她就躺在沙发上睡着了，等她醒来时，已经是晚上九点。这一次，你的细心促使你不像上次那样马马虎虎，你知道王心玫她会醒来，这是你没有在她睡下后就用白磷粉末的原因。因为如果不足三小时白磷粉末还没有点燃整个房间，或者在大火的中途她醒来，她都有可能逃脱，所以你在她房间等了好一阵子。她睁开眼后，你主动要求为她削苹果。于是你拿起桌子上那把从水果店购买的水果刀，为王心玫削苹果。一个苹果吃完，她却不让你离开了，她迷迷糊糊地抱住了你，她嘴里叫着'刘安'，还主动地脱去了自己的衣服，她把你当作了另外一个人。你拉上窗帘，把她脱去的衣服挂在衣架上，她喝了酒，她想用身体留下你，或者说是想留住她嘴里叫着的那个刘安。这并没有勾起你的同情心，反而令你更加生厌，就在她脱去衣服后，你为她削了第二个苹果。你将她安顿在床上，并借口出去买药，在离开前，你把浓硫酸倒在她的水杯里，放在床头，还不忘将白色粉末全部撒在她的被褥里。

"王心玫醉得太厉害了，十二点钟的时候，爬起来误把硫酸当水喝了，那时候她感觉肝肠寸断，已经是无力也无法再忍受了，她抓起床头的那把水果刀，结束了自己的生命。

"夜里一点钟，王心玫的被褥被白色粉末引燃，一场大火就这样将她的尸体烧成了焦炭。

"就这样，一个无辜的生命就此陨落，而你却一直逃避法律的制裁，你想离开，但是胡洋手下的警员已经全境搜寻你，车站你也去不了了。如今，你唯有躲在这山里，苟延残喘地养花种菜，过着看似闲云野鹤、与世无争的生活，实则是别无选择。

"天网恢恢，疏而不漏，触犯法律的人终究要受到法律的制裁。不过，在逮捕你之前，我倒是想听听你还有什么话说……"

## 第二十八章  皮囊

"我无话可说,这一切都是她应得的。如果我有什么错的话,就错在半年前没让她死,是我的一念之仁让她多活了半年。可是现在想想,这半年她也过得不轻松,也没有我想象的那样快乐,我心里也算平衡了。我知道我终究是难以逃脱法律的制裁,我对我所犯的罪行供认不讳,你编故事的能力也是一流,你的想象力远在之前来过我这里两回的胡洋警官之上。说实话,你已经十分接近真相,但你不觉得还差点什么吗?"杨富贵斜着眼看着对面的张川说。

"有吗?"张川说,"你与王心玫早就认识,这一点已从你们的班主任和同学那里得到确认,而你没有考上大学却去了衡南大学做清洁工也有校方的证明。我们拿着王心玫的照片,去她高中老师、同学以及小卖铺老板那里逐一确认,均得到了肯定,你谎称5月24日刚认识她完全是为了掩盖事实的真相。自从经历了煤烟中毒事件,王心玫因为刘安的突然抛弃而性情大变,我们手头掌握了王心玫发给刘安的短信,包括王心玫的房东也可以证明,那时候王心玫的心智已有些错乱,那段时间她精神恍惚,甚至多次有过自杀举动。而5月24日晚上,你所有的不在场证明已经被我们逐一推翻,即便你是在十点离开的,你也完全有作案时间。所有的证据加到一起,指向的凶手只有你,你现在还想狡辩?"

"这一点我无话可说,"杨富贵说,"现在我已经没有必要掩饰了,5·25案的死者,我和她确实早在五年前就认识。也正如你所说,我们是高中时代的男女朋友,甚至我们相约上同一所大学,后来我们也确实私订终身,可是5月24日那晚上发生的事,如果你有兴趣的话,我倒是可以慢慢讲给你听。尽管张警官你擅长编故事,可你编的故事又怎么会比事实更精彩呢?"

"你是在挑战我的智商,也是在怀疑警方的破案能力是吧?你在为你作案手段的高明自鸣得意是吗?"张川激动地说。

"哈哈哈,我在这个世上没有了亲人,唯一在乎的人也已经死了,我现在一无所有,沦落到只配住荒宅的地步,我还有什么可惧怕的!"杨富贵说。

张川感到眼前的这个人已经走投无路了,而他所说的话里分明冒着一股腾腾的杀气。他拿起电话,拨通了警局的号码:"我是张川,西山王家荒宅,杨富贵已经认罪,马上缉拿凶手。"

放下电话后,他看到杨富贵似笑非笑地看着他。"怎么,张警官,这么急,就不想听听我的故事?"

"你说吧,我现在有的是时间。"张川说着,看到杨富贵拿起了一把水果刀削从篮子里取出的一个苹果。

削好了,他递给张川:"怎么,张警官,你是怕我在这苹果里下毒?"张川接过了苹果。

"如你所说,那天晚上,另找一家旅社,的确是我的主意。我们摸黑找到了夕月旅社,那里住店的人少,地方偏僻,在进入旅社

## 第二十八章　皮囊

之前，一把水果刀、一袋水果和八瓶冷冻的矿泉水，也是我买的。王心玫烂醉如泥，她几乎没有了意识。

"进入夕月旅社301房间后，王心玫睡在了沙发上，那是一个千载难逢的下毒机会，用我从实验室带出来的二十毫升浓硫酸，足可以使她肠穿肚烂，甚至可以让她变成一堆枯死的焦炭。然而那时候太早了，晚上八点，旅社里的人都没有休息，如果被发现，我难逃干系。我原想在十点以后下手，没想到九点半左右王心玫居然迷迷糊糊醒过来了。她抓住我的手不放，还说让我别离开，嘴里迷迷糊糊地喊着刘安的名字。我当时气得牙齿咯咯响，那时候我已经对她失望透顶，到这个时候了还想着那个臭男人，真是下贱。我没有管她，我看着她慌乱地脱着自己的衣服，我走到窗前，将窗帘拉上了。我说让我来削个苹果，我站在桌前当即削了两个苹果，我转过身时看到她衣领处的纽扣已经解开了，我索性帮她脱掉了衣裤，挂在了衣架上。她一丝不挂地躺在了床上，可是啊，太悲哀了，这样一个我朝思暮想的女人，当面对她的胴体时，我居然没有一丝欲望。她嘴里喊着刘安的名字，这让我觉得她实在是全天下最下贱的人，于是我往她嘴里灌了硫酸。

"我要看着她肠穿肚烂，在我眼前下跪求饶。我要看着她在五脏六腑绞痛的过程中，想起我，想起眼前的这个人，想起这个人不是刘安，是杨富贵。我看到她嘴角流出了白色的液体，她从床上爬起来，扑向我，眼睛里放着光，像一个狂乱的魔鬼，她说：'为什么？刘安。'她还是没能想起我，就在她向我扑过来的时候，我手中的水果刀准确地插进了她的心脏。我看到血流在地上，她开始痉挛般抽搐起来。

"我将她按在床上，拔出水果刀，在床上撒上白磷粉末。她已经昏死过去，我想三个小时后，这里就会燃起大火。我将水果刀与矿泉水装在一个塑料袋里，走下了楼梯，出了夕月旅社。

　　"我不敢沿着河堤走，怕路上碰到人，只得走小巷道。想找一个合适的藏刀之处实在太难。快到我要住的地方了，怎么办？我看到了一片玉米地，我钻了进去，又用刀切开八瓶冻得结实的矿泉水，取出冰块，和水果刀一起，藏在了玉米地里。

　　"晚上的玉米地很阴凉，那八个冰块要彻底融化，估计得要两个小时的时间，这足够了。果然，当警察找到水果刀，经过检验后，将王心玫中刀时间误判断为夜里十二点，那八块冰为水果刀上的血液，起到了冷藏和保鲜的作用。"

　　"真残忍。"张川说，"你简直疯了！"

　　"我疯了吗？我没有疯，疯的是她，王心玫！她给过我希望，她践踏了我的尊严，漠视了我的感情。你没有经历过这一切，你不懂的，如果你也一样，在一个地方起早贪黑地一连做三年的清洁工，你就会明白，没有信念，你是没有办法撑住的。一个清洁工与一名大学生，他们之间的隔阂永远无法弥合。你每天坚持做同一件事，唯一的信念就是期待见到一个人，可当你真正面对她时，她说她并不认识你，你的心里有多痛，这一切，是没有人明白的……"

　　"可如果你真那么在乎她，你就不会那么丧心病狂！"张川喊道。

　　"我一直以为是，但我错了，比起她为那个男人做的，她对我做过什么？在我离家出走的那段时间里，她可有打听过我的下落？她在与那个男人朝夕相处的时候，可曾提到过还有我这样一个人？

## 第二十八章　皮囊

她根本就不在乎我，她像擦黑板一样将我从她的记忆中擦去。我那么在乎她，换回来的又是什么？那个男人有什么好？到头来还是弃她不顾。可她，王心玫，居然至死都忘不了他！命运实在是不公平啊，我想克制我自己，可是另一个我在呼唤，杀死她杀死她，杀死她你就再也不会烦恼了，一把火烧焦她，她不是愿意为那个男人献出肉体吗？你就把那活生生的肉体烧焦了，男人一定会看到。对，你要看着，看那男人会不会欣然接纳……"

"畜生！即便你再恨她也用不着下这样的狠手吧！"张川再一次喊道，他的牙关咬得直响起来，两只拳头捏得紧紧的。

"不，杀了她太便宜她了，她到死都没有认出我是谁，我是她高中时候私订终身的人，她居然说忘就忘。她的灵魂已经不在这身躯壳里了，还要这身皮囊干什么？我要一把火将这皮囊毁了，她的灵魂才能在地下与我见面。她的灵魂回不到她这身皮囊里了，她才能依附于我，才能想起我……"

张川的头脑里嗡嗡响起来，头脑中飘过似曾相识的一幕。杨富贵颤抖着扶住院子当中那棵杏树，仿佛那棵树也颤抖了起来。

"我在兰州见她的那个晚上，我以为给她点厉害，他们俩就都会知难而退，可没想到，她居然跟我玩失踪。足足有半年时间，我都在四处找她，可就是找不到。后来我才知道，她没有告诉任何一个熟人她转院后去了哪里，原因是怕我找到她。那时候我就下定决心，如果让我再次找到她，我一定要挑断她的脚筋手筋，让她再也失踪不了，再也动弹不得，那样她就不会再离开我了，就永远永远地属于我一个人了。那半年，我找遍了所有她可能去的地方，时间将我的意志改变，我终于连这样一个挑断她脚筋手筋的想法都没有了,我下定决心,一定要让她在我的面前亲自感受我曾经的苦痛和孤独,我终于决定彻底地毁灭她……"

张川摇着头,嘴角发青,颤抖起来:"你告诉我,你还想把她怎么样?如今她连一个全尸都没有留下,难道还不够解你的恨吗?"说着,他朝着杨富贵脑袋上猛地一拳,杨富贵一个趔趄,跌倒在地,又缓慢地爬起来。

"当然没有解我的恨,我还没有看到刘安见到那具烧焦的尸体时是怎样一种表情。也许你不知道吧,若不是考虑到刘安,我才懒得煞费苦心设计火灾,把她烧成焦炭呢!"杨富贵说。

"你还想怎么样?"张川抓住了杨富贵的衬衣领口,将他的头狠狠地往自己的膝盖上猛地一磕,"你这个人渣,给你一颗子弹简直便宜你了。"

杨富贵用手擦着嘴角的血:"还想怎么样?我现在告诉你,我本来准备好了一捆炸药,我只要绑在她脱得精光的胴体上,'砰',你们谁也别想找到她,如果你们还有谁稀罕那鲜活的肉身的话,尽管一块一块去捡好了。哈哈哈,我知道的,男人嘛,都好那口!"

张川完全失去了理智,他抓住杨富贵的头发,将那颗脑袋又猛地往自己膝盖上一磕,又给了他脸上一拳……

杨富贵鼻孔里流出了血:"不信,你去看看,那捆炸药还在屋子的门后呢……哈哈哈……"

张川愤怒极了,又一脚将杨富贵踹开,杨富贵从台阶上跌了下去,滚到了花园边上,一动不动。张川掏出手铐,直起身,猛地抬起头来,忽然天旋地转,日光炫白一如三尺白练。张川只感到头脑

## 第二十八章 皮囊

里轰的一声，就没有了任何知觉。

不远处响起了警报声。

## 第二十九章 分身

"那捆炸药找到了吗?"李教授问。

"找到了,正如杨富贵所说,就在王家荒宅堂屋的门后面。分量很足,别说是个人了,就算是一栋楼,也能给炸塌了。"张川说。

"那么,这案子就算结了?"

"如今无论结不结我都管不了了,我现在是嫌犯,涉嫌刑讯逼供,中队那边没我什么事了……"张川说。

"这也不是你的错,没人能预料到会是这样的结果。如你所说,凶手杨富贵送医院后心脏病突发而死,死前他已招供,此案也算有了结果。这个人简直是个变态,作案过程听着都让人毛骨悚然。"李云说。

"可他曾在你所在的大学打工,也不过是一个普普通通的清洁工,或者说他曾经只是一个性格内向有些自闭的孩子。"张川叹息道。

"一个普通人,爱与恨让他万劫不复,说来也真是凄凉。不过,听起来你对他似乎有些惋惜?"李云喝下了一杯茶。

"是的,现在回过头来想想,他的身世,也确实有些悲凉……"张川说。

"那当时你在西山上，为什么会大打出手呢？正如胡洋所说，他已经招供了呀。"李云问道。

张川并没有回答，或许他也不知道如何回答吧。他再次端起一杯茶，喝了下去。

"也许，每个人的心里都住着一个令人恐惧的魔鬼，无论警察还是罪犯。"张川知道，除此之外，似乎没有任何理由能够解释。

"你这样说，也是完全能够说得通的，是杨富贵打开了你的恐惧之门，把魔鬼释放了出来……"李云说。

我们每个人都有，张川心想。

因为5·25案，张川丢了工作，突然觉得没有了担子，肩膀轻松多了。张川回了中队，取走了留在那里的一些个人物品，交接了工作，准备离开。也许等待他的是一个漫长的假期，也许他将踏上人生的另一个旅程……总而言之，是要开始一段新的生活了。

小陈小赵还有中队的几位同事都来了，送他走到门口。张川走过去拍了一下小陈的肩膀，然后是小赵的，然后逐一拍遍了同事们的肩膀。其中有一个女同事，姓刘，是张川在警校时的学妹，她哭得稀里哗啦，一副恋恋不舍的样子。前段时间小陈还跟他说过，等案子结了，跟小刘好好谈一场恋爱吧。十年单身，三千个漆黑的夜晚，张川已经习惯在心里只装下案子，装不下爱情，可即便是这样，当小陈说起时，他的心里还是略微地激动了一下。

现在这一切，也就只能这样了，一切回归到十年前的样子，其实也蛮好的。

出了中队，张川开车向南镇的南山盘山路而去，那里有一座陵园，他十年前死去的战友王鸿宇就葬在那里。山上野花遍开，荒草也突兀地茂盛起来，走到半山腰，他下了车，前面的一段路要步行。

一条小路，路旁的藤蔓纠缠在一起，让人迈不开步子，张川用手撕扯着这些藤蔓，缓慢前行。矮松矮柏早已经淹没了坟冢最初的样子，张川心想，自己有一段时间没有来看鸿宇了。

先看到了那座墓碑，十年了，墓碑上的字历经风吹雨蚀，"烈士王鸿宇之墓"。他的眼球自上而下地扫描了一遍，相比墓碑的高大来说，那坟堆看上去渺小得多。张川弯下腰，扯掉墓碑周围的少许荒草，又在松树下，用双手掏出松软的土，捧起来，轻轻地拍在了坟堆上。他捧了三捧，压实了，心里就有莫名的酸痛涌上来，这么多年了，他的自责一丝都没有减少。

张川走到坟墓的正前方，掏出打火机，点了一支烟，倒着插在了墓碑前。"且以此慰藉亡魂吧，"他心里想，"老伙计，十年了，希望你在那边过得安稳一些。老伙计，今天我来是向你辞行的，我离开了警队。这么多年，我们爱过并为之付出一切的职业，我们坚守并为之赴汤蹈火的信念，我践行了它，但我不知道是不是错了。"张川叹了一声，又给自己点了一支烟，"但无论如何，暂且这样吧。"

南山上，张川的车沿着盘山路蜿蜒前行，犹如时间的流水，穿梭于茂密的绿波之中。

一个月后，张川驱车去了青海。他想沿着青藏线一路去往拉萨，他心里的梦是有朝一日能在西藏的草原上，像雄鹰那样张开翅膀，置身在只有光明与自由的天地。他心里的梦是在大昭寺转动经

## 第二十九章 分身

筒，以此来涤荡人世间的罪恶。他想着有朝一日，如果自己不做警察了，那么西藏将是他最终的归宿。

张川的那辆老式别克已经不能经受长途跋涉了，他将车寄在青海的一家车辆管理处。他看了看早上买的去往西藏的车票，那上面显示火车发出时间是下午三点半，还有半小时，那辆火车将把他拉向更高的地方。

听到熟悉的铃声，掏出手机，电话里小赵说："老大，离开一个月了，一切可好？有个消息要告诉你，王心玫的母亲去世了，就在昨天晚上。今早我们知道的，我觉得有必要告诉你，就……"

再后面的话张川基本没有听清，张川抬起头，将手机装进兜里。是啊，做手术的大夫说，王心玫母亲只有一个月的时间，如今，刚好一个月，这个几十年备受折磨的人，终于放下了大好人间，咽下了最后一口气。

火车已经近了，张川听到了鸣笛声。"就这样去西藏吗？我的心里无牵无挂，已经彻底纯净了吗？"张川突然这样问自己，王心玫母亲去世了，一个灵魂终于得到了安息，可是自己的灵魂得到安息了吗？

列车员已经在呼叫本次列车的乘客了，可张川还站在候车室外一动不动。

鼓足了勇气，还是去不了西藏，因为张川的心里又逐渐泛起了波澜。几乎是在列车启动的同时，张川转身，走向那家寄存有自己老式别克车的管理处……

晚上九点，张川的车抵达西洲县南镇，他没有在镇子上停留，而是直接去了牛家村，王心玫去世的母亲已经被送回家乡。张川将车停在院外，走进院子。

那是一座四合院，是王子尧夫妇住着的老宅，除了在王心玫上高中那段时间搬到了西洲县城，大多时间他们都在牛家村老宅度过。厅房里灯火通明，灵堂设立得颇为肃穆，那天晚上守灵的人有牛家村的左邻右舍。刘安也在，他看到张川到来，颇为惊讶，上前打招呼说："张警官怎么有空？"

张川没有说话，上前一步，从香筒中取下一炷香，靠近了灵堂前的蜡烛点燃了。作揖，跪拜，他心里突然有一种说不出的凄凉，这时候刘安上前扶了扶他。

刘安陪张川坐在靠墙的矮凳上，为张川泡了茶。刘安说："阿姨是昨天中午突然叫不醒的，夜里四点钟走的，走得很安静，或许她是不想打扰任何人吧。"

"这么多年，她四处治病，但始终没有跑得过时间啊！"张川说，"这些年，也没少拖累你。"

"这是我应该做的，唯有如此，人间的罪孽才能少一点。"刘安说。茶已经泡好，他端到张川手上："这茶，适合夜里喝。剩得不多，叔叔爱喝，我都拿来了。"

张川端起茶杯喝了一口，有一种说不上的似曾相识的口感。他在矮凳上坐了一会儿，并没有看到王子尧，于是问刘安："王叔叔不在吗？"

"他刚出去不一会儿，他说阿姨是个恋旧的人，这几年在外看病，她时常惦记着家里，叔叔说他要把她惦记的东西也给送去，这会儿，恐怕是去烧一些衣物了吧。"刘安说。

"看这院子，好像有些年代了，我想四处走走。"张川又起身

## 第二十九章 分身

走到灵堂前，作揖告辞。

"请便……"出厅房时，刘安做了个送别的手势。

一轮皓月将银色的光辉洒向院子、花园、树木、古老的窗棂，看上去是那么考究又有质感。他想起王心玫就是在这个院子中长大，和她的父母嬉笑、玩耍，也可能曾抬头看到过那一轮亘古不变的月亮，然而，一个人的命运之轮是因何而急转直下，扭拐到完全不同的一条路上了呢？这真是一个没有人能够回答的问题。

张川出了院门，他看到远处的山静坐不动，他听得见山间的虫鸣声，而近处的门外，是一排长长的柳树，牛家村的夜，原来已经寂寥到如此地步，世间曾经发生的旧事似乎都与今夜无关。张川沿着小路走，小路的一侧是一条溪流，月光明晃晃地映照在水里。十年了，张川的心从没有像此刻这般宁静，十年了，他一脚踏进了警队，就踏进了尘世，踏进了复杂的人心，而唯有此刻，让他觉出人生的平凡与寂寥来。

小溪流边的那棵大树下，有火光亮起来，张川脚步快了，近了才发现一个人在焚烧东西，他很专注，张川走路的动静也没有让他回过头来看一眼。张川走到了他的身后。

先进入火堆的是一些信件，一张张写得密密麻麻的纸在空气中被点燃，然后是大人的衣物、鞋子，小孩的肚兜、绣花老虎枕头，相框，当那人从一只牛皮纸袋中取出一张相片，拿在手中看了看，又准备将相片放进火里时，张川向前一步，从火中夺下了那张相片。

将头扭过来看着张川的那人有一张熟悉的脸，但张川却分不清王子尧脸上晃动的到底是月光还是泪光。

皓月当空,张川手里紧紧捏着的照片上,是两个长得一模一样的女婴。

# 第三十章　溯流

张川捏着照片的手开始颤抖,他没有说一句话就转过身朝自己的车奔去。他疯了似的开车回到自己的住处。

那一夜,他没有睡觉,他时而在桌上铺开一张纸画着线条,时而又将纸团捏起来,几个小时过去了,墙角堆了厚厚一大堆纸球,凌晨时分,他在一张大纸上写下一串数字。

305 304 303 302
203 202 201
105 104 103

第二天天刚亮,他发疯一般开着车去往南镇黄龙湖畔。夕月旅社已经开始重新装修,5·25案的现场已清理干净,被火烧过的痕迹正在粉刷。张川没有进入夕月旅社,而是绕到了夕月旅社那栋发生过火灾的楼的背面。那楼的背面,确实是一片玉米地,他站在楼下,又抬头看了一眼,随即原路返回。

张川买了去湖南的车票,临行前,他给常遇春打了个电话。常遇春接上电话，声音颤抖，以为警察给他打电话，又有什么事。

张川说："没什么事，就是想见见你，叙叙旧。"常遇春告知了张川他的住处。一天后，张川见到了常遇春。

正如张川所言，他们也就随便聊聊，常遇春父亲的病有所好转。常遇春现在已经决定和他的前妻重归于好，他说："那段时间，真的是鬼迷心窍了，现在才懂得，最应该珍惜的人原来一直都没有离开。"

他们聊了些往事，聊了些有关工作上的事，现在，常遇春对未来充满憧憬。张川心想，不久的将来，他一定会实现自己的理想。

张川又去了一趟衡南大学，常遇春工作的食堂就在那里，他从校方借取了一些资料，就又匆匆离开了湖南。

从没有哪段时间像这几天这样燥热，节气已经进入伏天，张川没走多少路就气喘吁吁了。

2009年8月30日，一个艳阳高照的日子，刘安从西洲县出发，乘车抵达兰榆机场。他已经将王子尧妻子的后事料理完毕，准备乘坐飞机直接飞往海南，由海南乘船，去发展他的海外事业。

下午两点，距离飞机起飞还有半小时，旅客们都已经在做登机前的准备，刘安拉着自己的旅行包，正要从大厅走向机舱。这时候他的对面走来两个人，其中一个是西洲县公安局的胡洋，而另一个，是他无比熟悉的张川。

机场外面是空旷的停车场，张川给刘安递一支烟。

刘安接过烟，低头点着，停车场的风有些大。

"就在这儿，如果你愿意听，我想讲给你一个故事。"张川说。

刘安看了看手表，说了声"你说吧"。

"可是，这个故事该怎样开头呢？"张川说。

## 第三十一章　执念

"二十多年前,生活在南镇的一对夫妇刚满六岁的孩子因车祸死去,年龄已经接近四十岁的母亲思念孩子,最终通过手术将已经结扎的输卵管接上,冒着高龄生产的危险,生下了一对双胞胎。但因丈夫的工作原因,无力同时抚养两个孩子,他们只得将小女儿送去孤儿院,并在户口上只登记了大女儿的户籍。

"二十多年后,大女儿大学毕业,在校外租住的房屋里因遭遇一次意外煤烟中毒,病情严重,当地医院没有接收,转院后最终不治身亡。临死之前,她叮嘱她的男朋友一定要照顾好她身患绝症的母亲。

"大女儿死后,因身患绝症且命在旦夕的母亲夜夜想念女儿,无奈之下,丈夫去寻找在孤儿院长大的小女儿,并将小女儿接回了家。为了不引起邻里和单位的怀疑,父亲并没有销掉大女儿的户籍,而是去派出所户籍室,改动了原来姓名里的一个字。其实,他大可不必去改这一个字,原因是,这一对孪生姐妹,原本就长得一模一样。但在父亲的心目中,大女儿是个不幸的孩子,沿用大女儿的名字,让小女儿活在大女儿的阴影里,显然非他所愿。

"就这样,小女儿从孤儿院回来,回到了这对老夫妻的身边。因为身患绝症的母亲性命垂危,加上在大女儿临死之前就答应了照看他们的原因,高额的医疗费也绝非父亲一人的工资可以承担,所以大女儿的男朋友隔三岔五地往他们家跑,照顾二老的生活起居。原本对二老没有多少感情的小女儿,却发现了这个对自己父母无微不至照顾有加的男人是那么可靠,那么有安全感,时间久了,她便心生情愫。

"小女儿喜欢上了姐姐的男朋友,可是这个差一点成为自己姐夫的人,却拒她于千里之外。在他的心中,一直居住着姐姐,姐姐永远也不会走出他的内心。

"小女儿使出了浑身解数,瞒着自己的父母,数十次跑到外地,跑到他的工作单位,她一次次地哀求,请求他能够接受她,她甚至堵过他出差时所住的宾馆,但这一切,看起来是那么徒劳,那个差一点成为自己姐夫的人,始终对她冷冰冰的。他告诉她:'你们终究是不同的两个人,甚至我看到你的样子时,我就觉得已经背叛了你姐姐。我不会让人伤害你,当然更不愿意让你重蹈你姐姐的覆辙,你有你的世界,我有我的世界,我给不了你要的幸福,我们原本就不可能有什么交集。'

"小女儿万念俱灰,她想不通这个对自己父母照顾有加的男人,却怎么会是一个对自己铁石心肠的人?她曾想过在自己租住的房子里了结生命,却终因房东及时赶到而救了下来。活下来的小女儿仿佛已经死过一回,她一方面把他们不能在一起的缘由归结于姐姐的死和间接导致姐姐煤烟中毒的杨富贵,一方面她依然在偷偷地跟踪那个男人,希望有朝一日能够令他回心转意,接受自己。

## 第三十一章 执念

"姐姐死后的第二年5月,繁花烂漫,小女儿跟踪男人来到了西洲县,来到了姐姐高中上学居住的地方,但是她并不知道那里对姐姐有什么意义。而那个男人,也只是心血来潮,他可能想姐姐了,就到姐姐曾经提到过的地方走一走。

"看着男人有些落魄的神情,小女儿慢慢懂了,这里曾经是姐姐到过的地方。她一直跟踪他,可是就在那天下午三点,奇怪的事情发生了,一个陌生男人站在河对面朝她喊叫着姐姐的名字,又发疯一般地冲过桥。她当时惊呆了,不知道那人是谁,那个人拉着她的手,疯了似的沿着河堤跑,那个人问她:'怎么会不记得我了?那里……那里……都是我们去过的地方……'小女儿慢慢地缓过神来,原来这个男人把自己当成了姐姐。

"想起自己喜欢的那个人永远也不会把自己当作姐姐,而一个陌生人居然对姐姐如此痴情,小女儿的心里五味杂陈。就在这个男人拉着自己沿着河堤狂奔时,她感到恐惧,她四处张望,却在河的对面,发现了那个被她跟踪的名义上的姐夫——他站在那里看着这一切,却无动于衷。小女儿的心慢慢变凉了:难道他就不怕自己碰到坏人?

"小女儿哭声呜咽,陌生男人拉着她跑,终于跑累了,坐在河堤边上看夕阳,讲他与另外一个她的故事。那故事凄凉悲惨,却打动不了女孩坚硬如铁的心,无论如何,她和姐姐终究是两个人。她终于知道了,眼前的这个陌生人就是对姐姐一往情深的杨富贵,也正是因为他跟姐姐的过往,才导致了姐姐的死,也导致了姐夫永远也不会接受自己。

"小女儿越来越感到悲凉,说到底,她生着一张与姐姐相同的皮囊,但是这两个男人,为什么念念不忘的都是那个死人呢?

"就在决定吃晚饭的地点时,小女儿提起了黄龙湖,盛夏时间,那里最幽静也最偏僻。既然鱼钩已经伸到自己嘴里了,为了复仇,即便是咬着血也要往上爬……

"晚上吃饭的时候,小女儿拼命地喝酒,她的酒量很好,她想如果自己醉了,那对方也至少有个七八成。吃完饭,他们沿着黄龙湖向下游走,没承想杨富贵订的旅社是品如旅社,而且客房都已经满了,只留了一间单间。

"小女儿说:'你住这里,我另找旅社,我想找一个安静点的地方。'小女儿料定一个对姐姐如此痴情的男人不会让醉酒的她单独去找旅社的。于是他们沿着黄龙湖向下游找,小女儿发现了一家相对偏僻的旅社,那就是夕月旅社。他们买了水果,在老板那里订了三楼的房间,原本一楼二楼都没有住满,小女儿却单单选择了三楼,而且是距离楼梯最远的301房间,那是夕月旅社最为偏僻的房间。

"为了拖延时间,小女儿上了楼就装作睡着了,那时候是晚上八点,旅社的客人都还没有睡,她在等待时机。晚上九点半的时候,小女儿醒了,醒来后她先说自己口渴,杨富贵为她削苹果。她吃完了苹果说自己清醒了些,想起了以前的事,于是她承认了自己就是杨富贵要找的王书玫。他们因为再次相聚而泣不成声,相互拥抱。

"快到十点钟的时候,杨富贵说今天喝了酒,累了,让她早点休息,明天一早来接她。可小女儿哭了,她挽留他让他不要离开,还主动地拉上了窗帘,在昏黄的壁灯下,小女儿脱掉了自己的衣

## 第三十一章 执念

裤，挂在了床头的衣架上。杨富贵虽然有些惊讶，可是心里还是能够接受，毕竟说到底那个与自己青梅竹马的女孩现在已经成人，成年男女之间的你情我愿又有谁不能接受呢？他们拥抱在了一起。

"小女儿向身后背过手，手悄悄伸进了自己那只成天挎在肩膀上的包里，那时候包正放在床头。那只包里，有一瓶二十毫升的实验用浓硫酸，那是她跟踪姐夫时刻意留在包里的，如果有必要，她就要用这二十毫升浓硫酸以毁容的方式逼姐夫就范。可现在，要用在眼前的这个人身上了。

"那只手伸向包里，她的指尖已经摸到了光滑的瓶身。杨富贵揽住了她的腰却突然呆住了，他惊恐地盯着她的下巴，摇着头向后退去。这时候她才想起，她的脖颈上，比自己的孪生姐姐多出了一颗痣。女孩感到害怕，睁大了眼睛，迅速将浓硫酸从包中拿出捏在了自己手里。

"'不对，你不是书玫，你不是……'杨富贵倒着向门口退去。小女儿眼睛里放射出强烈的光芒，她的复仇之火已经点燃，她朝杨富贵缓缓走去，在灯光下，她的胴体有着诱人的质地。'不，我就是，我就是王书玫！'她愤怒的双眼里瞬间冒起了血一般的火光。

"杨富贵退到门口，夺门而逃。

"那是晚上十点，杨富贵跑下楼梯，满身酒气地逃出了夕月旅社。301房间里，只剩下孑然形影的小女儿，她胸口发闷，悲痛像一支冷箭射穿了她。她想起如今自己什么都没有了，既没有复仇，甚至还把自己的身体一览无余地裸露给自己的仇人看，羞耻心让她蜷缩在地上，仿佛成了一只受惊的毛毛虫。她万念俱灰，果断地打开自己手中捏着的瓶子，强忍着喝下了那瓶浓硫酸……

"门打开了，泪光中她看到了自己的姐夫。这个自己朝思暮想的人，这时候却突然出现在自己眼前，但她却没有感到一丝意外，她的肠胃已经发烫，她的喉管里已经燃起了无法熄灭的火。当她光着身子看到姐夫时，她感到了比面对杨富贵更加强烈的羞耻。她迅速地抱紧自己，她撕扯着床单，企图遮掩住自己裸露的身体。

"'快，心玫，我们离开，我这就背你离开……'姐夫急匆匆地说道，'我背你去医院。'

"小女儿颤抖着，摇着头，她的五脏六腑和皮肤都在一寸寸经受着硫酸的腐蚀，她想象自己即将化成一堆脓水的样子，她躲避着姐夫的眼神。

"'走，我们离开！'姐夫喊道，向前冲去，可小女儿摇着头，露出死寂一般的表情，转眼之间脸色已经煞白了。

"小女儿的嘴角流出了乳白色的液体，她已经无力回天了。

"他们就这样，一个蜷缩在床上，身体被凌乱的床单裹着；一个站在床前，两个人都泪流满面。

"姐夫上前，抱住了她，她的嘴角露出了微笑。这时候毒药已经在小女儿的体内半个多小时了，小女儿说：'我心满……意足了……姐夫，如果你不愿意让我继续遭受这样……肠穿肚烂的疼痛……桌上那把水果刀……请给我一刀吧。''我求求你……给我一刀吧……记住，用纸巾包住刀柄……'

"姐夫抱着她，紧紧地抱着她，小女儿只会张嘴，发不出声音来了，他明白此刻她有什么要求，小女儿的身体剧烈地抽搐，她在人间遭受着炼狱一般的痛苦。姐夫放下小女儿，走到桌前，抽了纸

## 第三十一章 执念

巾，拿起了那把刀。

"水果刀插进小女儿心脏的时候，正是夜里十二点，此后小女儿将再也不会感到疼痛，她将在天国获得幸福……

"要在离开之后点燃这里，姐夫用床单包裹了小女儿的尸体，并在床上点燃了一支蜡烛。离开之前，他在床底下撒下了一些随身携带的白色粉末，那是他前不久去老师那里，准备帮老师带去外地鉴定的实验用品。

"姐夫是从夕月旅社303房间，打开背窗，沿着那里的一根下水管，攀爬至楼背面的一楼离开的。那里的一片玉米地，正好可以做他的掩护。他跟踪杨富贵与小女儿时，也是从那里上来的。103、203、303房间的背面，正好有一根水管，水管上每隔五十厘米，就有一个线卡，正好可以踩脚。爬至三楼，只需打开303房间的玻璃背窗，没有人会知道他来过夕月旅社，土木工程出身的姐夫，对这个甚是了解。

"我们当时只把重点放在了所住旅客的房间，却忽略了，没有住人的空房子才是凶案排查的重点。还有一点，会有哪个凶手愚蠢到将凶器藏在自己住店的周围呢？除非那是别有用意。

"刀，藏在了距离杨富贵所住旅社不远的一片玉米地中。"

## 第三十二章 余罪

"半年多过去了,你依然坚守着对王书玫的承诺,在她死后,一直照料着她父母的生活。直到前不久,医生在为王书玫母亲做完手术后告诉你王母只剩下不到一个月时间,你才觉得,有必要让杨富贵承担后果。于是,你在离开北京的第二天去了西洲县,你上了西山,在王家荒宅里找到了杨富贵,你拿给他一张照片,那张照片上,是两个长得一模一样的女婴。你告诉了他,这两个女孩是孪生姐妹,这两个女孩都已经因他而死……

"当杨富贵听说了王书玫已在半年前那场煤烟中毒中死去的时候,他悲痛欲绝,而当他逐渐明白那天晚上死在夕月旅社的女孩是王书玫的孪生妹妹时,他又陷入无限的自责。'我不杀伯仁,伯仁却因我而死。'他对曾经与王书玫的那段感情产生了深深的怀疑,他的人生目标自此才算真正彻底地终结了。后来我反复想过那天与他的对话,若不是,杨富贵会一直活在寻找王书玫的梦里;若不是,他至少可以在5·25案案发以后,乘黑车离开西洲县。可是他没有,因为说到底,他都没有直接杀害她们,整个案子,他更像是被蒙在鼓里。

## 第三十二章  余罪

"你还记得我们在成都的那次见面吗？你曾告诉过我，王心玫，不，应该叫她王书玫，她们原本就是两个人，在王书玫煤烟中毒的案发现场，发现了一种富含磷元素的粉末。而李云教授曾告诉我，白磷花燃烧后的粉末，会在常温下静默三个小时后发生自燃。有时候死亡不是一件事的终结，却恰恰是某件事的开始。而同样的白色粉末，也在5·25案案发的301房间找到了，碰巧的是，当年杨富贵从事清洁工作的学校正是李云教授实验室起火的衡南大学，那场大火的第一目击者就是杨富贵。王书玫煤烟中毒的原因和5·25案火灾的起因如出一辙，综合各种因素，你利用白磷粉末，成功地将我们怀疑的对象转移到了杨富贵身上。加上凶器就在他居住的旅社附近找到，这让我误以为杨富贵就是杀害王心玫的真正凶手。

"遗憾的是，这个原本不是凶手的杨富贵，却一口承认了自己杀害王心玫。不仅如此，他还补充了死亡时间判断失误的原因，是他带了冰冻的矿泉水，这个疑点消除后，他极力渲染犯罪现场施暴之残忍，他想在一场暴打中死去，他想让自己承受肉体的痛苦，这样才能减轻心灵的罪孽感。无论我是否对案件还有疑问，他都一口咬定，王心玫就是他杀的，他引导我走向了错误判断，他让我失去理智，精神完全失控，就是为了让他的肉体在接受惩罚的过程中洗清自己的罪孽。他达到了目的，他在遭受了我一顿暴打后，终因心脏病突发，不治死亡了。而这一切，只有作为工程师的你，才能设计得如此天衣无缝。你曾问过我，是否有过什么恐惧，会在夜里突然让自己陷入黑暗。你早知道的，十年前那起轰动全西洲县的爆炸案，是我一生最深的恐惧。你利用了它，你教给了杨富贵只要那样做，就一定会达到目的，因为如果在我刚找到杨富贵的时候，他若得不到彻底的解脱,数日之后保不准我就会对案件提出新的疑问,那时候,整个局面就会发生逆转。

"良药难医一心求死之人,这一点,我似乎也没有办法,但我不得不对那日的行为深表歉意,作为警察,我完全失职了。

"现在,我脱去这一身警服,才能对我曾经的过错做出交代。今天,你和我,都是有罪的人。"

## 第三十三章 暗桥

"是啊,我们都是有罪的人!其实,我等你说出这句话,已经很久了,"刘安说,"这一切没有对与错,这一切,都是命,我们都想平平凡凡地做个普通人,我们都想有个完整的家庭,可我们都得到了什么?只能说执着的人是有罪的,杨富贵执着于书玫,书玫执着于我,我执着于书玫,心玫又执着于我,爱情真的有那么伟大吗?承诺到底意味着什么?"

沉默了片刻,张川皱着眉头说:"我不知道如何回答你这个问题,我只知道真相只有一个,你骗了一个无辜的人替你顶了罪,蒙受了不白之冤,你也将难逃法律的制裁。"

"我知道这一天迟早会来,我知道真相终究会大白于天下,正如你的分析,事实正是如此。唯有一点,我想对你说,我在杨富贵那儿,什么也没有说,我只拿给了他那张照片,我什么话都没说,一切他就都明白了。"刘安说,"你心里的恐惧,也正是整个西洲县民众的恐惧,我们每一个人心中的恐惧,我了解,杨富贵他也了解……只是我没有想到,杨富贵会选择这样一种极端的方式结束自己,他终于还是恪守了他当初与书玫的承诺,生不离死不弃。这样想来，我才是多余的那一个。"

"难道，是我错了吗？"张川仿佛自己问着自己。

"张警官，你放下了心中的恐惧，这一方群众就会放下恐惧，如今，你做到了……"刘安喃喃地说。

"可是，还有一点，我应该不会猜错。你和李云教授早就认识，对吧？"张川问。

"实不相瞒，李教授正是我的恩师，但他与此案没有任何关系。"刘安说。

"我想应该是。我在他那里喝到了你寄给他的滇南普洱茶，那味道，纯朴甘正，和那天晚上我在牛家村你泡的一模一样。"张川说。

"原来如此，是因为这个，你才断定案子另有内情？"刘安说。

"不，是照片。当我在牛家村见到王心玫姐妹俩的照片时，我知道，此前所有的判断都得推翻重来，执果索因，我才重新反思了凶手的作案时间，以及凶手是如何上楼的。"

"不过我想，内情还不只如此。"张川换了一种语气，温和而坚定地说，"世界上真有白磷花吗？在绝对零度，大气压接近珠穆朗玛峰的环境时，白磷真的能够破冰而出，在冰面上盛开出绚烂的花朵吗？白磷燃烧后的粉末真的能够在常温下，静默三小时后又死灰复燃吗？"

张川继续说："我手上，是衡南大学档案室保存的当年那次实验室火灾的记录。记录上记载，那只是一次实验事故，与死灰复燃没有丝毫关系。当年火灾的第二位目击者，衡南大学食堂里的厨师

## 第三十三章 暗桥

常遇春,明白地告诉我,火灾现场,并没有听闻警方发现白色粉末的事,那是前些天我专程去湖南了解到的。

"迄今为止,在这个世界上,也从没有出现过白磷燃烧后死灰复燃的现象,当然也包括在实验室里——你们所谓白磷燃烧后的粉末接触空气后会定时复燃的说法,不过是一场骗人的闹剧而已。

"李教授的笔记,只是他假想中的猜测,或者是未经证实的猜想,一个科研狂人的臆断。5·25案现场发现的白色粉末,只是一种比较稀有的磷粉,这种磷粉,也只有化学狂李云那里有,但它却不会定时复燃。李云是你的恩师,你常带一些实验用品,帮他去外地的科研机构鉴定,这是事实。如果没猜错的话,王书玫煤烟中毒的现场,也根本就没有白色粉末。你杜撰出这一切,只不过是为了让警方把它与5·25案联系起来,其用心不可谓不苦……"

"梦里过河,谁会追究桥的真实性呢?"刘安说。

"哈哈哈,也只有你,会设计出这样的难题。不得不说,你是我遇到的最难缠的对手,既是我的幸运,也是我的灾难。"张川说。

"可即便设计成功了,又能怎么样?如今杨富贵死了,这个在我心目中应该承担一切的人死了,可我依然不快乐。当我听说他在医院因为心脏病突发身亡时,我竟然有些悲伤,他的心里,应该比我更苦吧。或许死去,对他来说,才是最好的解脱。可是我呢?书玫走了,心玫也走了,到后来我答应书玫要照顾的阿姨也走了,我活下来是不是越来越多余了呢?我的世界永远也不会明朗起来,这复杂的人世啊,什么时候才能再见到梦里的童话啊?"刘安望着天空无限怅惘地说,此时一架飞机已经消失于天际。

"……也许现在我可以回答你之前那个问题,你问我,承诺到底意味着什么?而我想说的是,假的终究是假的,完美的替身能够代替相似的皮囊,却代替不了各异的人心,"张川也看着远处,"我想我是该离开了。"

胡洋看着张川一步步走下机场外的台阶,身影消失在山间的树丛中,那里有一条通往停车场的路,他将由此出发,去他要去的地方。

一年后的4月,张川从西藏返回西洲县,在西山脚下,等待着他的是西洲县公安局的"名侦探"胡洋。"是该好好锻炼锻炼了。"他们笑着说。车停在山脚下,他们一路小跑上山,山上开满了樱花,在风中颤抖着。这让张川想起童年,绚烂的樱花让世界显出纯真。

胡洋说:"知道吗?这满山的樱花都是王子尧在林业局任职期间,亲手栽种的……"